爱情高级定制

【上册】

艾小图 著

青岛出版社
QINGDAO PUBLISHING HOUSE

图书在版编目（CIP）数据

爱情高级定制 / 艾小图著. — 青岛 : 青岛出版社，2020.5

ISBN 978-7-5552-8569-4

Ⅰ. ①爱… Ⅱ. ①艾… Ⅲ. ①长篇小说－中国－当代 Ⅳ. ①I247.5

中国版本图书馆CIP数据核字(2019)第236470号

书　　名 爱情高级定制
著　　者 艾小图
出版发行 青岛出版社
社　　址 青岛市海尔路182号（266061）
本社网址 http://www.qdpub.com
邮购电话 010-85787680-8015　13335059110
0532-85814750（传真）　0532-68068026
责任编辑 李文峰
特约编辑 崔　悦
校　　对 耿道川
装帧设计 蒋　晴
照　　排 蒋　晴
印　　刷 三河市良远印务有限公司
出版日期 2020年5月第1版　　2020年5月第1次印刷
开　　本 32开（880mm×1230mm）
印　　张 14.5
字　　数 262千
书　　号 ISBN 978-7-5552-8569-4
定　　价 59.80元（全二册）

编校印装质量、盗版监督服务电话 4006532017　0532-68068638
建议陈列类别：畅销·青春文学

目录

【上册】

目录

【下册】

第一章
春风一度

周放觉得自己的人生就像一部荒诞剧。

她在公司发展势头最猛的时候放权给汪泽洋，自己回家监督装修、筹备婚礼以及休养身体准备怀孕。

这两年,她已经快要忘记约会是什么了。汪泽洋本来就不是多么浪漫的人，两人刚谈恋爱的时候，他就是凭着老实、耐心和诚恳打动了周放，之后更是不可能“基因突变”。在这热得人快要化掉的夏天，周放接到了一个情理之外又意料之中的电话，电话那头的人和她订下了一次特殊的约会。

那个约她的人不是别人，正是汪泽洋在外面的“小三”——沈培培。

半年前，周放在汪泽洋的西服口袋里发现了一支用过的口红，桃红色，少女的颜色。任凭周放再怎么欺骗自己，她也知道自己的未婚夫在外面有人了。

周放和汪泽洋不同于一般的情侣，他们不仅是生活上的伙伴，更是工作上的搭档。

这么多年，他们已经习惯了把工作中的模式带到生活中来，有问题就开诚布公地解决。

关于这一切，汪泽洋坦然地向周放承认了，并且恬不知耻地说："我们在一起都五年了，订婚也两年了，你一直怀不上，我妈逼我分手。我和她在一起就想借她的肚子要个孩子，为了早点儿和你结婚。"

汪泽洋能说出这种话，周放真是无言以对了。

汪泽洋是汪家的独子，汪母在他们订婚以后，要求先有孩子才能结婚，强说这是地方习俗。对此，周放虽然不满，但是她与汪泽洋相处多年，觉得两人感情稳定，也不在乎那一张证书。再加上筹备结婚也有很多事情要忙，也不急在一时。

谁承想，这倒成了汪泽洋乱搞的借口了。

周放的个性就像她的名字一样，提得起放得下。当她知道汪泽洋劈腿的那一刻，她在汪泽洋身上投放的感情就开始一点儿一点儿地收回来了。她不喜欢和自己过不去，五年的青春耗费在一个不值得的人身上实属浪费，不能再浪费更多。

周放安静地坐在沙发上听着汪泽洋辩解，始终面带微笑。许久，她无比冷静地说："分手的事容易谈，就是公司有点儿麻烦，找律师解决吧。"

汪泽洋大约没想到周放会这样轻描淡写地提出分手，他瞪了周放一眼，撂下狠话："有本事你就和我分手，公司的法人代表是我，商标也是我的，我就看看你有没有本事把公司拿走。"

汪泽洋知道周放舍不得公司，就因为公司，他们分手的事虽然提上了日程，但是一直没能解决。再加上两人在一起太多年了，很多东西一时半会儿也分割不清。

周放不急，沈培培倒是急得很，三天两头地给她打电话，问他们怎么还不分手。她也很无奈，难道她不想分手吗？只是公司和商标都还攥在汪泽洋的手里。

虽然周放和沈培培有过多次通话，但是见面是第一次。周放出门前照了很久的镜子，她没有刻意打扮，只是穿了一条平常穿的黑色裙子，头发随意地绾着，甚至连妆都没有化。

不是周放自信，她已经28岁了，而沈培培只有23岁，她不管怎么打扮都不可能比得过青春美丽的沈培培，索性就这样算了。

和其他“小三”相比，沈培培的确略胜一筹。她年轻，又是名校“海龟”，家世良好，长相也很漂亮。

两人不约而同地选择了黑色的裙子。沈培培妆容很淡，脸上满满的胶原蛋白，见到周放的时候，她的表情很是镇定。

待周放坐下，她才姿态优雅地端起面前的咖啡抿了一口，说道：“你和我想象中一样漂亮，我知道洋的眼光肯定不差。”

周放双手交叠，优雅地放在双腿上，淡笑着说：“什么羊啊马的？你认识的尽是畜生啊。”

沈培培没想到周放会这样说，一双明眸微瞪，脸上微微有些怒气，语气也变得严肃：“你到底要怎样才同意分手？洋已经不爱你了！”

周放保持着嘴角的弧度，看着沈培培那张精致的脸孔，慢条斯理地说：“沈小姐，你这话我听着怎么觉得有点儿奇怪？什么叫他已经不爱我了？说得好像我还爱他似的。”她抿了抿唇，“你放心，他这样的垃圾，谁回收我感激谁，我又不是绿头苍蝇，叮着他，我疯了啊！”

“你……”沈培培瞪大了眼睛，“你怎么能这么说他？他是你的未婚夫！”

周放微笑道：“你知道就好。”

沈培培意识到自己着了周放的道，咬着嘴唇，半天才说：“周姐——”

周放赶紧打断她的话：“别姐啊妹的，你以为是古代啊，妻妾成群还分大小？汪泽洋那种东西，他配吗？”

“行，我不喊你姐。那你说吧，到底要怎么样，你才肯放过他？”

周放有点儿无奈地说：“我也和你说了很多次了吧？我要公司，公司给我，随时可以分手。”

“你明知公司是洋的命——用钱补偿你可以吗？”

“什么东西？补偿我？公司本来就是我的，没有我爸，凭他能有公司吗？”

沈培培见周放态度坚决，抿着唇思索了一会儿，再抬头时，她眉宇微蹙地问道：“是不是只要公司给你了，你就愿意分手？”

周放耸肩，道：“当然。”

“我是真的爱他，我不在乎他有没有钱。我只希望在我 24 岁的时候可以嫁给他，为他生儿育女。他喜欢小孩，我就生到他满意为止——”

看着沈培培那一脸认真的表情，周放实在忍无可忍，打断了她的话：“你们生猪生狗都是你们的事，我只要公司。”

沈培培看了周放一眼：“我希望你说到做到。”她坚定地说，“我会帮你得到公司，但是你一定要遵守约定。”

其实当时周放并没有把沈培培的话放在心上，一个二十出头的小女孩在她面前总归是道行太浅。她微笑着回应道：“当然，只要你能让我拿到公司。”

令周放没有想到的是，沈培培竟然真的帮她拿到了公司，并且帮她赢得那么彻底。

和沈培培见完面，周放觉得太恶心，在街上溜达了好几圈才回家。

手上拎着大大小小的购物袋，周放一直抬着头看大太阳，直到眼前发黑才闭上眼睛。

周放和汪泽洋生活的城市并没有多大，在这里，订婚和结婚没什么两样。这么多年来他俩一直以“老公”“老婆”相称，对于他们的关系，亲戚朋友已经无人不晓。这段感情走到这一步，是周放不愿意看到的。看到沈培培，她不由得想起了当初的自己。她认识汪泽洋的时候也不过23岁，在汪泽洋之前，她曾有一段刻骨铭心的初恋。那人把她最好的年华、最暖的心、最美的爱情全部带走了，飞越国界、跨越时区，带去了大洋彼岸。

在她最伤心、最不知所措的时候，汪泽洋出现在了她的生命里。她对于汪泽洋的感情说不上是多么深刻的爱，更多的是感激，还有一种像溺水的人抓到浮木一般的庆幸感。

毕业后，两人不顾家长的劝阻早早地订了婚。为了创业，周放厚着脸皮缠着父亲，在父亲加工厂的帮助下开始做女装电商。起初他们设计女装时多是模仿流行的少女品牌，之后才开始做部分原创，逐渐打响了品牌知名度。他们用了三年时间，公司终于初具规模。生意稳定以后，周放和汪泽洋两人联名买了房子、车子。汪泽洋对周放无微不至，这也是周放明明不喜欢汪母，却还是同意了“先有孩子后结婚”的原因。

却不想，两年过去了，她的肚子始终没有动静。汪泽洋十分喜欢小孩，传统观念严重，生意稳定、收入渐丰后，他也开始听信风言风语，觉得是周放“有问题”。

在汪母的陪同下，周放去医院做了检查，一切正常。医生让她放轻松，孩子的事要顺其自然，急不来。之后她便也不急了，却不承想，汪泽洋暗地里已经急成这样了。

周放说不伤心是假话，只是，伤心又有什么用?

伤心也还是要往前走，她已经28岁了，不再是当年那个遭到背弃只会哭、不知所措的小女孩了。

周放拎着东西回到家，汪泽洋正坐在沙发上看电视，见周放进门，他放下遥控器起身过来帮她提东西。他一贯如此，体贴得让人不忍心猜疑他，仿佛连猜疑都是对他的亵渎。

看着他的背影，有那么一两秒，周放脆弱地想，如果一切都没有发生该有多好。

可惜，事情已经发生了，她想也没用。

“你已经好久没去逛过街了，怎么突然来了兴致？今天去哪儿了？”

周放头也没抬，冷冷地说：“沈培培约我见面。”

汪泽洋愣了一下，随即收起了笑脸：“你为什么不和我说？你去见她做什么？”

周放鄙夷地看了他一眼，冷冷一笑：“你怕我打她呀？你放心，我没动手，我可是读过大学的人。”

汪泽洋微微皱眉道：“你明知道我不是这个意思。你不用去见她，我也不会因为她和你分手。我从头到尾只爱你一个人。”

汪泽洋想抱她，周放恶心地大步后退：“你别再说什么爱不爱的了好吗?太恶心了。”

汪泽洋一脸受伤地看着周放说：“周放，我从认识你开始是怎么对你的?难道你看不见吗？我不爱你，会这样对你吗？”

周放嗤之以鼻，笑着说：“你怎么对我了？找小三啊？我谢谢你啊！”

“你就不能好好和我说话吗？你在我面前永远这么强势，即使如此我还是爱你，我都觉得我自己有点儿贱。”

“你确实贱，你不贱怎么能和她凑一对呢？”周放无心恋战，揉了揉肩膀就要回房。

自从周放知道汪泽洋有了外遇，他们一直分房睡。周放走进房间，刚要关门，汪泽洋一脚迈了过来。

汪泽洋人高力气大，他一把抓住周放，发泄一样地在她的脖子上乱啃，他推着周放的肩膀，周放顶不住他的力气一直往后退。

“恶不恶心啊你！放开！”

汪泽洋也动了怒：“我同意分手了吗？我没同意你就还是我的未婚妻！你有本事报警啊！我倒是要看看警察管不管男女之间睡觉的事！”

周放死命地推打着汪泽洋，汪泽洋也红了眼，脸上被甩了两巴掌却还在强行撕周放的衣服。

“汪泽洋你讲不讲卫生？你喜欢交叉使用我不愿意！”周放发了狠，一口咬在汪泽洋的肩膀上，他吃痛松了手。周放又一脚踢在他的命根子上，汪泽洋立刻跪了下去，紧紧地捂着下面。

周放看到汪泽洋在地上蜷缩如虾米的样子，心里突然有了一丝诡异的快感。

周放看着他，心里最后一丝眷恋也消失不见了。

“信任和原谅都是给值得的人，你不值得。”

那天的事让周放颇有阴影，她怕汪泽洋再变禽兽，便收拾东西回了自己家。父母对她的事自是十分清楚，两个老人年龄加起来一百多岁了，还要看她的脸色行事，对于她分手的事连问都不敢问。

分手后，周放觉得自己最对不起的就是她爸妈。当初二老就不喜欢汪泽洋，一直反对他们在一起。周放就是个“天生反骨”，别人越反对她越要坚持，那会儿她觉得自己和汪泽洋就像罗密欧与朱丽叶似的。

现在看来，老人看事情真的是有预见性的，只是一切已经覆水难收。

周放回家后，汪泽洋每天都给她打电话，她对于公司的事坚决不肯让步。感情失败，她不允许自己连事业都拱手相让。而汪泽洋正是抓住了她这一点，死死地咬着不放。

当初周放对汪泽洋是百分之百地信任，公司的法人代表和商标都是用汪泽洋的名字注册的。汪泽洋为了不让周放离开他，开出了五千万的天价，让周放束手无策。

正当她对此事一筹莫展的时候，沈培培悄无声息地做了一桩惊天动地的大事。事情闹出来的时候，周放正一无所知地贴着面膜在床上闭目养神。

闺密秦清打来电话时，周放正有些困意，云里雾里的，就听到秦清用尖细的声音说道：“周放啊！我的天哪！你快开电脑啊！你老公和那贱人做爱的视频在网上传疯了！”

周放一头雾水：“什么玩意儿？”

她愣了两秒，突然拔高了嗓音：“什么玩意儿？！”

周放脸上的面膜掉到大腿上，她整个人都趴在电脑前。不管她打开哪个网站，头条全是这条新闻，虽然视频已经被封了，但是各大网站还是出了各种截图。即使图片都打着马赛克，周放还是一眼就认出了这视频的主角正是汪泽洋和沈培培。

“沈培培疯了吗？”

周放瞪大眼睛看着各大头条。

秦清还在电话那头聒噪："你看了吗？"

周放吞了吞口水，好半天才回答："被封了，我怎么看啊？要不我去论坛什么的求个'种子'吧，也许还能看到这部惊世巨作。"

秦清习惯了周放的贫嘴，直接忽略她的胡说八道："你就没什么反应？"

周放思索了两秒，故作惊讶地说："哎哟！这女人太猛了！把我男人睡了不说，还拍视频！'陈老师'啊！就算是'陈老师'也应该和我拍啊！"

秦清无奈："周放你给我正常点儿，我和你说正事呢！这次也该把分手这事摆上台面了。"

"当然！"周放把面膜捡起来，随手丢进垃圾篓，"我一直主张放在台面上呢，不是汪泽洋一直不同意嘛！不过这回也好，机会来了。"

"你想到办法让他净身出户了？"

周放抿了抿唇，回头看了一眼电脑上打开的图片。

"我倒是真想给他'净身'。可惜了，现在不是古代，给人'净身'犯法啊！"

"……"

在这座不大的沿海城市，每每出了这样的丑闻，传遍街巷都算是客气的。虽然每次新闻发稿的内容无非就是主角的手机、U盘丢了，但是大家都知道是怎么回事。

虽然沈培培对视频做了一些特殊处理，但是很多眼尖的网友还是认出了汪泽洋。他们的女装电商品牌也算小有名气，两家网店都做到了皇冠级别，周放和汪泽洋作为情侣档商家在网上也有些知名度。这事出了以后，大部分客户都选择了站在周放这边，得知汪泽洋强占公司，很多客户开始疯狂给"渣男"打差评，网店信誉一直往下掉，公司一时陷入运营困境。

周放在事发后第一时间找到律师准备了协议。揣着"热腾腾"的协议书，周放回了“家”——她和汪泽洋曾经的家。

周放到的时候汪泽洋不在，她也懒得再跑一趟了，准备守株待兔。她看了一会儿综艺节目后，汪泽洋就回来了，脸色非常难看。

“回了。”周放用了陈述语气。

汪泽洋毫无生气地看了周放一眼，沉默地给他自己和周放都倒了杯水。

“你在看什么呢？”

周放笑笑：“在网上看怎么融化尸体，以备不时之需。”

汪泽洋苦笑道：“我知道你恨我。”

“也没有，我只是检讨自己，我真是失败，都不知道你喜欢拍视频。早知道以前跟你拍一打，你也不至于去找外头的女人拍。不过我看网上的评论说视频就五分钟，哎，你这真是，也丢我的脸啊！”

“周放你别这么和我说话行吗？”汪泽洋的脸上露出了近乎乞求的表情。

周放看了他一眼，收起嘴角的笑容，从包里把协议拿了出来：“也行，那你把字签了。本来只是两个人分手的事，我不想闹成经济纠纷，上法庭难看。房子和那辆SUV给你，我只要公司和我的‘高尔夫’，我开惯了。”

汪泽洋一听周放这样说，立刻激动起来：“那视频是很久以前拍的，我根本不知道她一直存着，更没想到她的手机会丢！我爱的是你，我只是想借她生个孩子！”

周放越听越觉得恶心，移开视线：“是吗？我看网友们都说很激情啊，借种借出真爱来了？OK，你们继续，我退出还不行吗？”

汪泽洋知道多说无益，自己无法改变周放的想法，便冷着脸说：“你要分手也行，房子、车子、存款对半分，公司的干股按比例折现给你，但是决策权我不会让，公司和房子不是一回事。”

周放对汪泽洋彻底心灰意冷。她以为就算爱情不复存在也应该还剩些情分，至少他能痛快地同意分手，从此不再相见，彼此都不恶心。

“就你现在那点儿事，我找点儿‘水军’就能把公司毁掉，何必呢？你以为你坚持就能经营下去吗？”周放冷冷地看了汪泽洋一眼，“如果你一定要这样，那我们就法庭见吧。各自举证，自求多福。”

周放收起了协议，拎起包离开。在她踏出大门的那一刻，汪泽洋说：“我知道你不会这么做。要上法庭，半年前你就上了，我知道你还爱我。”

周放无语地翻了个白眼，忍无可忍地回应道：“我呸！”

半年前周放没有提出上诉，是因为公司的干股份额汪泽洋占得更多，法人和商标也都是以他的名字注册的。她要得到公司需要动很多脑筋，而她还没想到万全的法子。现在视频这事一出，她完全成为受害方，整个形势都不同了。他们的公司是电商，口碑和信誉就是生命，汪泽洋不会不懂这一点。

周放的代理律师骆十佳是专打这类官司的能手，把网络上的舆论形势造得刚刚好，让汪泽洋的公司根本无法经营下去。强占品牌到最后可能会一无所有，汪泽洋不得已做出了让出公司、寻求经济补偿的决定。

直到走出法院，汪泽洋都不敢相信周放真的这么狠。

周放准备离开的时候，汪泽洋有些歇斯底里。他死死地抓着她，不断地质问：“你明知道事业对我来说意味着什么，你是要报复我对吗？”

周放停在原地没有动。阳光很烈，她沉默了一会儿，抬起头，正看见沈培培那袅袅婷婷的身影举着漂亮的遮阳伞出现在不远处。关于网上的抨击甚至“人肉”，沈培培好像都不放在眼里。

周放想，也许他们是真爱。

周放撇了撇嘴，平和地看着汪泽洋：“刚才我一直在回想你当初和我说的话。你说你虽然长得平凡、家世平凡、手段平凡，但是爱我的心不平凡；

你没有别的优点，最大的优点就是专一。你说和我在一起，不是为了一时，是为了一世。”周放抿唇安静了几秒，此时此刻，她的眼神有些凄凉，“我信了，如果真的能遇到爱我一世的人，那我就算平庸一世也没关系。”

她说着这些话，心里五味杂陈。其实她自己也说不清恨不恨他，但是绝对不是报复，她没这个工夫。只是赢了这场仗，她并没有想象中的快乐。

从此以后她就真的一个人了，她并没有自己想象中的那么坚强，她也没有做好准备。

她看了汪泽洋一眼，只觉他眼角眉梢尽是陌生，她甚至可以闻到他身上已经有了别的女人的气味。

“你在外面有了别的女人，你和别人上床了，你学会了对我撒谎，甚至瞒得滴水不漏。我才发现，你真的一点儿都不平凡，是我有眼无珠，一直看低了你。”

周放伸手挪开汪泽洋的双臂，汪泽洋还想再追过去，却已经被沈培培拦住。讽刺，真讽刺，原来真爱是这么回事，周放算是长见识了。

在律师骆十佳和秦清的陪同下，周放走到了停车场。在她要坐上驾驶座的那一刻，秦清拦住了她：“我来开吧。”

周放什么都没有说，径自到了后座。秦清和律师坐在前面，两人默契地没有回头。她们都知道周放哭了，谁也没有说什么。

对 28 岁的女人来说，安慰和痛骂都显得多余，有些伤口越展示越疼，独自舔舐才是最好的疗伤方式。

不坚强又能软弱给谁看？这是周放 28 年的人生里最重要的信条。

和汪泽洋分手的事闹得公司信誉下降，再加上周放抽了近乎一半的资金作为汪泽洋的经济补偿，公司可谓元气大伤。

为了能尽快上手，周放每天在公司和工厂之间忙碌，尤其是对于这两年繁杂的账目，她花了很长时间一条一条地看。她太忙了，忙得连伤心的时间都没有。

六月底至七月中，可以算是一年中最忙碌的时候。夏装开始大量上市，新款比起别的季节要上得更勤，比起仿已有品牌的成功产品，做原创可以说是吃力不讨好。电商的存在原本就是为了满足年轻女性“多”的需求，想要这些女性去求货品的“精”，这个任务还任重道远。

周放和汪泽洋的公司最初也是从做跟版衣服开始的，他们跟过日本、H国的几个少女品牌，人家出一件他们仿一件，销量大起来以后，他们的公司也曾被同类网店举报过。于是他们就打擦边球，像多装几个扣子、多加个蝴蝶结。

那时候他们从来不觉得这样辛苦，也从来不觉得被公开报道、点名很丢人，因为他们年轻、渴望成功，并且始终携手面对一切。

很久以前，秦清得知汪母要求周放“先有孩子后结婚”时，忍不住痛骂道：“这种婆婆你也能忍，要是我，提前给她送终！”

那时候周放是怎么回答的呢？她说：“我对汪泽洋的爱很复杂，我们在事业上太合拍了，如果有一天失去了他，我也许会失去一切。”

如今，她失去了汪泽洋，却没有自己当初所说的那样脆弱。她一个人也把公司的事情处理得井井有条，手下的员工也一如既往地支持她。

看，其实她比自己想象中更加强大。

新款打样、确认、拍好宣传片、正式下厂后，周放阶段性的忙碌终于停了下来。为了感谢员工的配合，她决定和全公司的员工一起聚餐。汪泽洋离开公司时带走了公司的一些大客户，再加上两人分手的事闹得太大，对生意也有些影响。周放的压力不小，她需要重新打通关系，才能将公司维持下去。但她一贯主张“玩儿的时候痛快玩儿”，所以聚餐的时候，她把和公司有关的事全都抛在了脑后。

热闹的聚餐结束后，周放和助理以及公司的两个副总一起走出餐厅。

助理和两个副总在一块儿也不知道在嘀咕什么，好一会儿才扭扭捏捏地和周放说：“周总，那您一会儿路上小心，我们三个好不容易逮到机会休息，准备一块儿去做做足疗，放松放松，就不送您了。”

周放哦了一声，不疑有他地转身走了，刚走两步又折回来：“我也挺累的，一起去做足疗吧！”

另外三人皆是一愣，面露难色：“我们去的地儿很破，没档次，不适合您。”

周放鄙夷地瞪了他们一眼，直截了当地说道：“带我去就完了，哪儿来那么多废话！”

三人见周放如此，虽不情愿，但也只能带上她。

其实这一行四人都很清楚他们到底是去做什么的，只是都心怀鬼胎，谁也没有点破。

到达目的地后，周放一看，这会所不仅不破，还有点儿金碧辉煌、酒池肉林的调子，空气中仿佛都飘着堕落的气味。

因为男女不同间，三个下属如释重负地和周放分开了，周放独自进了包间。给她做足疗的是个三十几岁的妇女，动作麻利并且话也不多。周放在聚餐时喝了酒，脑子一直有些混沌。她躺在沙发上，脑子里不断回想着汪泽洋和沈培培的那点儿破事，尤其是她手贱点开的那些图片，一张张地在她的脑子里交替出现，她越想越头疼，突然从床上坐了起来。

给她按摩的妇女吓了一跳，还没来得及反应，就听周放沉着而认真地说道：“不用按了，您去休息吧。”

那按摩妇女的表情有些蒙，大约很少有人按这么短时间就叫停，她以为是自己服务不好，半天都没敢离开。

周放无奈地解释道：“我想休息一会儿。”

那按摩妇女见此，战战兢兢地从口袋里拿出一张房卡递给周放：“老板，您的朋友让我把这个给您，说让您今晚好好享受享受。”

周放今晚执意要跟来，底下的人自然想趁机拍拍马屁。她看了一眼那张房卡，知道等着她的是什么。

别看周放这人看着挺没正经的，但是她从谈恋爱到订婚，一直都是循规蹈矩的，也就交往过初恋和汪泽洋两个男人。

比起秦清的“游戏人间”，周放一直坚守着自己的底线。

想想还真傻，快30岁的人了，有需求很正常，为谁守节呢？谁又当回事呢？

接过房卡的那一刻，周放突然有了一种感觉，她的人生将走上一条与从前截然不同的道路。也许未来有一天，她会和生意圈子里的某些女人一样艳名在外。真奇怪，她居然一点儿难过的感觉都没有。

她只是很想叛逆一次，放纵一次，疯狂一次。

周放找了很久才找到310号房间，整层楼一共只有十间房，全是VIP，门牌都很精致，光也调得很暗。

不知是她有些醉意，还是真的太紧张，拿房卡刷了好几次都没刷开门，却不想一拧门把手，门就开了。

VIP的房间很大，周放越往里走腿越哆嗦，她强装镇定地坐在沙发上，耳畔是浴室里哗哗的水声。

她吞了吞口水，心想现在的“鸭子”真敬业，客人还没来就知道先洗好澡。

对方越是有这样的“敬业精神”，她就越发心生退意。周放一边在心里暗骂自己没出息，一边拎起包准备走。可她刚一转身，浴室的门就被打开了。

周放下意识地回头一看，一双皮肤光滑而干净的脚出现在她的视线里。

她自下向上地打量了那人一番，不论是紧实的腿、腰间的浴巾，还是小砖头一般的腹肌，抑或是那张神色有些不耐的脸，一切都完美得有些不可思议。

周放在心里感慨着：现在的“鸭子”素质可真高。

虽然眼前这人秀色可餐，但是周放还是㞞了，她决定临阵脱逃，这种豪放的事她果然还是做不来。她后退了两步，咽了咽口水，手伸进包里刚准备拿点儿小费给眼前的男人，却不想男人不耐烦地对她挥挥手说：“不要拿套了，不做。”

周放愣了一下：“什么？”

那男人紧蹙着眉头，好看的五官看上去略显严肃，他直勾勾地看着周放，眼中是不加掩饰的鄙夷：“谁给的钱你就去服务谁，并且告诉他，要搞小手段讨好我也该找点儿好货，我宋凛从来不玩儿老的。”

周放不知道是自己醉了还是眼前的男人醉了，她的手还在包里，指尖正触上自己的钱包。

她眨了眨眼，眼前的男人已经转身向房间里走去。

“等等，”周放开口叫住了他，“你说什么套？什么服务？什么……老的？”

那男人身材高大，背脊宽厚，肩胛骨的弧度看上去非常性感。他回过头来，居高临下地看着周放。周放赶紧挺直了身子——气势上她可不能输。

那男人看她的样子，不由得笑了笑，反问她：“你觉得呢？”

周放被他满不在乎的样子彻底惹怒了，她大步上前，盛气凌人地说：“你说我老？”

那男人见她靠近，一副嫌弃的样子向后退了退，说道：“你最起码有 28 岁了吧？”

这男人眼睛可够毒的，一下子就说中了周放的年纪，她撇撇嘴，气愤地说道：“28 岁怎么了？28 岁惹你了？28 岁不配要你服务啊？”

那男人听到“服务”二字，眉头皱了皱，正准备再说什么，突然被门口急促的敲门声打断。

那男人瞟了周放一眼，径直去开门。

两个穿着制服的工作人员满脸尴尬地说：“宋总，真的对不起，周总好像走错了房间，我们也是刚在监控里看到的。”其中一个对着周放摆了摆手，“周总，您走错了，这是 301，是宋总常住的房间。”

那男人看了一眼周放，又看了一眼工作人员，好像突然明白了什么，扑哧一笑，再次看向周放时眼神变得意味深长。

周放来回看了几眼，意识到自己闹了大乌龙，脸腾地红了。她正准备脚底抹油，却听那男人用低沉的声音说道：“小姐，你以后可要看清楚门牌号，你要知道有些男人可是你消费不起的。”

周放本来觉得理亏准备走人，可他这句话彻底把她的怒火点燃了。她蹬着高跟鞋又折回来，把钱包拿出来，里里外外找了半天才从钱包的角落里找出一个钢镚儿——五毛钱的。

“她们喊你宋总？我大概是真的老了，一不小心听成了‘送终’，我心想这名字真是符合你的气质啊。”她翘着兰花指，用十分慷慨的姿态将五毛钱塞进男人腰间的浴巾里，抿着唇笑得非常妩媚，“不好意思，你这身皮，皱得我只想拿熨斗给你熨熨。在我眼里，你就值这个数。”说完，她优雅地转过身，大大方方地从房间里走了出去，留下两个工作人员目瞪口呆地愣在原地。

孔夫子说过，唯女子与小人难养也。

惹女人，可不是找死吗?

回公司以后，周放把涉事的人都臭骂了一顿，让两个拍马屁不成的副总非常尴尬。

之后连续一个星期周放都在做美容。好几次美容师都想告诉她，做得太频繁，营养过剩也不好，但是她脸色阴郁得可比黑面罗刹，谁都不敢和她多说一句。

周末秦清休息，约周放一起做SPA（水疗）。听周放抱怨完，秦清不仅没有表现出同情，还幸灾乐祸地笑个不停。

“我早就和你说了几百遍了，要你定期拾掇拾掇自己，你怎么说的？嘚瑟吧！还天生丽质？结果人家不是一眼就看出你28岁了！”

周放被她一说，更生气了：“我上次去理发人家还说我是大学生呢！”

秦清白了她一眼：“人家指望你使劲充卡呢！不然说你是大妈，你还会充吗？”

周放被她的话噎住，一时也答不上来，只得咬牙切齿地说：“我恨那个叫宋凛的家伙！”

“宋凛？”秦清突然跳了起来，又重复了一遍，“你说那男的是宋凛？”

周放被秦清激动的样子弄蒙了：“怎么了这是？他是你的情人啊？”

“我倒是想啊！”秦清思索了一会儿，说，“你这么一说倒是像呢，宋凛是新贵，最近那个节目《衣见钟情》，你知道不？算了，你肯定没看过。反正就是现在很火的一个给明星设计衣服的节目，就是他为了捧那个女主持投钱做的。听说他私生活很乱，在那种地方碰到他倒是真的有可能。”

“行了行了，不说他了，管他‘新龟’‘旧龟’，我瞅着就是一只臭王八。”

秦清无奈地摇了摇头：“你这张臭嘴，怪不得霍辰东当年逃荒一样地逃出国。”

周放原本脸上还有几丝笑容，一听到那个名字，立刻变了脸色：“你成心恶心我是不是？”

秦清见她脸色不对，立刻举起双手：“大人，冤枉啊！我可不敢啊！我只是听说了一些消息想向大人禀报！”

周放白了她一眼：“准了，说！”

“听说霍辰东回国了。”

周放说不清自己是什么感受，当这个如同禁忌的名字从秦清嘴巴里说出来的时候，周放的心里微微起了一些波澜，无关爱恨，只是青春岁月里的一点儿少女的倔强。女人都是记仇的，即便爱已经没了，周放还是计较着一些事情的答案，就算她知道自己永远也不会去问。

她勾着嘴角笑了笑，用一贯刻薄的语气说：“哎呀，这么伟大的人物回国，联合国怎么没有降半旗迎接啊！”

“去去去，”秦清觑她，“降半旗那是人死了。”

“嗐，我这不是崇敬的心理吗？他要是躺着回来，被追封个烈士什么的，我这个前女友是不是也能沾点儿光啊？”

秦清无奈地看着周放：“和你说人话，我真是有毛病。”

周放并没有太多时间去思考儿女情长，因为她忙得实在没有时间想这些。两家网店信誉下降，对成交量的影响非常大。为了多投放广告让公司能正常地做下去，她的生活基本被应酬占满了。

在生意场上，女人想要获得一席之地是必须要付出代价的。圈内有些人多少还顾忌着周放爸爸的名声，即使有花花肠子，也没有过多地为难她，可酒桌周放少不了还是要上的。她的酒量不算太好，除了公司的下属，也没有谁会对她怜香惜玉。生意场上的这些男人，在他们眼里只有 25 岁以下的女人才是女人。

每天拖着疲惫的身体回到家，看着爸妈欲言又止的样子，周放自己也觉得挺难受的。为了尽快结束这种生活，她一直在托公司的财务人员给她看楼盘。作为一个被劈腿的女人，又是那么轰轰烈烈地被劈腿的女人，周放成为城中许多人茶余饭后的谈资。她本人倒是没有当一回事，只是她身边的女人都替她抱不平。

尤其是给她找房子的财务人员小李，一边找一边愤愤不平地说："周总，你也真是善良，为什么把房子给让了？"

周放无奈地说："毕竟在一起那么多年了，何必呢？我把他赶尽杀绝，他只会觉得我是恨他才报复他，恨可是基于爱的，我怕他误会了。"

小李年纪不大，刚进入社会没几年，撇着嘴说："周总，你放心，你年轻又漂亮，我给你介绍。"说着她拿出手机，絮絮叨叨地说，"我表哥还没对象呢，周总，你要不要看看？"

周放有些尴尬地后退了一步，敬谢不敏："别，我一个刚解除婚约的女人，别人不一定看得上。"

她正说着，助理也过来了。助理和周放比较熟，低头看了一眼小李的手机，故意用夸张的语气说："哎呀，这么帅的小伙儿啊！给周总太糟蹋了，还是留给别人吧。"

周放本来想感激助理给她解围，但助理这话说得她不能忍受，伸出手作势要打："兔崽子！"

助理灵活地一闪，拿起文件挡着脸："别啊，周总，我是来找你签字的。"

周放瞪了助理一眼，他讪笑着把文件递给周放。周放看了两眼，有些疑惑地问："这不是王副总管吗？怎么来找我签字了？"

助理也有些不解地耸了耸肩说："不知道啊。王副总也奇怪啊，已经好几天没来上班了，电话也打不通，不知道是不是你上次骂了他，他心里不舒服了。”

周放疑惑地看了一眼王副总办公室的方向，一种不祥的预感油然而生。

这个王副总正是汪泽洋当年一手提拔起来的人。

墨菲定律说，越不希望发生的事就越会发生。当助理撬开王副总的抽屉时，周放看到了那份王副总私自做主签订的合同。五万件成衣，这原本对公司来说是一个赚钱的大单，然而周放看了一眼交货时间，还有十天。

是的，十天。

就算周放再迟钝也能明白，这是汪泽洋下的套。

周放没想到那个口口声声说爱她的男人，在分手以后居然会这么狠毒地摆她一道。

助理研究完合同，整个人都傻了：“周总，怎么办？报警吗？”

周放无奈地看了他一眼：“警当然要报，现在关键是要解决这个问题。别人不会管我们公司内部有什么问题，他们只会要我们公司负责，这合同上盖的可是我们公司的公章。”

“这要赔多少钱啊？”

“钱不是问题，问题是名声。外面多少人对我不服，这时候闹出这种事，公司怎么运营？虽然这合同的赔偿额度不大，对我们有利，但是解约会有什么后果，你我都清楚。”

助理眉头皱得都要打结了：“那怎么办？我们的加工厂不可能在十天内生产这么多，而且加工厂那边也打了报告过来，说原料不够。”

周放捏着合同，努力让自己冷静。即使此刻她和助理一样一筹莫展，也不能表现出来，这是决策者最基本的素养。

“现在能不能找到愿意给我们加急生产的加工厂？”

助理想了想，说："有倒是有，但是这么插队，价位肯定很高。现在原料吃紧，加工厂那边说，很多企业不肯卖原料给我们。"

周放想了想，说："保名声比较重要，花重金总有愿意的，挨个联系。"

助理正准备去联系厂家，突然想起了什么又折了回来："周总，我突然想到一个人。"

周放抬头："谁？"

"April的宋总。"

"哪个宋总？"

"宋总是这两年崛起速度最快的服装品牌April的老板，他刚在我们加工厂附近买了一个工业园，造了本市最大的加工厂，五万件对他们来说是小case（事情）。那些老牌加工厂汪总都打过招呼，接我们的单要开天价，这次量大一家吃不下，要找好多家，我们只能往上找了。"助理说完这些，又泄了气，"只是……以前汪总也试着联系过宋总那边，宋总理都不理，现在我们——"

周放打断了助理的话："想尽一切办法和宋总联系一下。"她说完又觉得不妥，"算了，我来联系，你去给我想办法弄到联系方式。"

当助理把那张印着"宋凛"的名片放在周放桌上时，周放就在心里暗暗祈祷这个宋总和她那天晚上遇见的"宋凛"不是同一个人，也许之前那个男人是"宋领"或者"宋岭"呢？

她有些紧张地拨通了名片上的电话，是一个年轻的男人接的，对方自称是宋凛的秘书，那人做好备忘以后非常程式化地对周放说："宋总稍后会酌情给您回电话。"

一般听到这种说辞，对方多半是不会回话了，毕竟是陌生人的电话。

周放原本已经放弃了April的加工厂，却不想傍晚的时候，她接到了一个陌生人的电话。

那时候周放正开着车。她被堵在二环路上，天热人又很躁，接起电话时的口气并不算太好。

电话那头的人还没说话，先轻轻地笑了一声，周放觉得这电话很是诡异，没好气地问：“谁啊？”

电话那头淡淡地传来两个字：“宋凛。”

“宋凛是谁啊？”周放几乎是脱口而出，说完又立刻想了起来，马上转了语气，“你好、你好！宋总你好，你看我这一急什么都忘了。”

宋凛在电话那头说：“没事，可能是更年期到了吧，听力退化，记忆力也不好了。”

周放听到这熟悉的刻薄口气，心像沉入湖底的石头，再也浮不起来了。果然是那天的人，她这运气也真是太背了。她无心和他打太极，直截了当地问道：“直说吧，你怎么样才肯帮我这个忙？”

宋凛似乎很习惯她这样，坏坏地一笑：“那就要看你的诚意了。”

“你觉得怎么样才是有诚意？”

“都说是诚意了，当然要你自己想。”

周放接下来的话还没来得及说出口，宋凛就说：“专心开车吧，我挂了。”

“你怎么知道——”周放的“我在开车”四个字还没说出口，宋凛已经挂断了电话。

这……这到底是什么男人？他刚才是挂了女士的电话吗？是吗？是吗？！

琢磨着“诚意”两个字，周放一晚上没睡好觉。宋凛缺什么呢？他有钱、有地位，再想想那天的情况，多的是人挖空心思巴结他，应该也不缺女人吧？

周放想了一晚上都没想出头绪来，第二天顶着一对“熊猫眼”去了公司。

她趴在助理的办公桌前，问道：“你觉得成功的男人会需要什么东西？”

助理犹豫地说：“女人……吧？”

“要不我以身相许吧？”

助理一脸惊恐：“周总你是想让我们公司倒闭吗？”

周放拿起手边的文件正准备拍过去，脑海里突然响起宋凛的声音，“我宋凛从来不玩儿老的。”

周放灵光一现：“你去找个小点儿的，19岁左右。”

助理用崇敬的目光看着周放：“周总，你的身影在我眼里突然伟岸起来。现在什么时代了？咋这么纯洁呢？”

周放瞪了他一眼：“我不管你上哪儿去找，反正要年轻漂亮的！”

“……”

当助理找的那个小姑娘委屈巴巴地出现在公司的时候，周放的心凉了半截。她原本以为那个男人该是好色的才对，这姑娘看上去年轻漂亮又涉世未深，他居然给拒绝了！

送走了那姑娘，周放又陷入深思。想了一上午，她吩咐助理：“你包十万元给宋总送去，探探底。”

助理皱了皱眉：“能行吗？听说现在April准备上市了，宋总怎么可能缺十万块钱？”

“包就行了，话怎么那么多！”

周放亲眼看着助理将装着十万块钱的档案袋拿了出去。

快下班的时候，助理兴高采烈地回来了，手上还原样地抱着那个档案袋。

他高兴地说：“宋总的秘书说，宋总答应帮我们了！”

周放疑惑地问："他没拿钱吗？"

助理回答："拿了。"说着他把档案袋里的钱倒了出来，十沓中只有一沓拆封了，里面还有一小沓零钞，一张五十和几张十块的。最夸张的是，因为助理倒的时候动作太大，里面的一个钢镚儿滚到了地上，正停在周放脚边，是一个五毛的钢镚儿。

周放弯腰将五毛钱捡了起来，正准备开口，就听见助理说："宋总的秘书只拿了五毛钱，还要我和你说，宋总说了，他只值五毛，所以只拿五毛。"

第二章
凤凰涅槃

宋凛虽然嘴巴坏，但是人倒是讲信用，答应了帮忙，就真的和周放签了合同，一下子解了周放的燃眉之急。只是这男人架子很大，每次都是他的秘书出面，事后周放想请他吃个饭，他在电话里冷漠地说："先存着，以后再吃。"

周放心里还是挺不屑的，但是人家帮了她，所以她嘴上还是挺尊重的，连连称是。

这顿饭一存就存了两个多月，这两个月里警察查到王副总已经逃到国外去了，还是举家逃走的，可见这件事是早有预谋。助理问周放："周总，那这事怎么解决？还继续往下追吗？"

宋凛给的原料价位比一般的贵了不少，加急又加了钱，周放的公司里里外外损失了近一百万元。

周放想了一会儿，说："算了，吃一堑长一智，就当花钱买教训了。"

看着助理离开时有些愤懑的样子，周放轻叹了一声。

就当她是妇人之仁吧，买卖不成仁义在，毕竟曾经同床共枕那么久，送汪泽洋去坐牢也未免太绝情了。这两个多月汪泽洋给她打了好几次电话，他去医院检查了，没有生育能力的不是周放，而是他。

他有弱精症，能生育的概率挺小的。

知道他断子绝孙就行了，她何必逼他上绝路呢？

周放自认是个挺善良的人。

刚分手的时候，周放父母对“分手”两个字几乎提都不提，生怕戳到她的伤处。这小半年过去了，眼见女儿什么事都没有，还是那么生龙活虎，二老也开始算计了。

吃饭的时候，周放妈杵着筷子问道：“听你爸说，最近公司做得挺好的？”

周放大口扒拉着饭，头都不抬地说：“还行，本来就是我一块儿弄的。”

“我不是想和你说这个，我是想问问你的个人问题。”周放妈特别直白、毫不拐弯抹角地说，“你这都不到30岁，总不能这辈子都耗在公司里吧？”

周放夹了一筷子菜，心里思索着老妈的话，想想也蛮有道理的，也许自己是该找个男人了。

她痞里痞气地问：“怎么？妈，你有好货要介绍给我啊？”

周放妈一筷子扫过来，周放手疾眼快地躲了过去。

老太太激动地破口大骂起来：“你这丫头怎么回事？现在说话越来越没个女人样儿了！当初劝你不要跟那个姓汪的你不听，还和他同居，搞得尽人皆知，你这还怎么嫁人？”

周放低声嘀咕着：“我也没打算嫁人啊。”

“什么？！你不打算嫁人了？！你想气死我是不是！周放！你这臭丫头……”

忍受了爸妈两个多小时的“夹攻”和训斥，周放终于从大棒下捡回了一条小命。前提是她妥协了，答应和老爸老朋友的战友的姐姐的邻居的儿子相亲。

周末，好不容易得了空能休息的周放，还得去见传说中老爸老朋友的战友的姐姐的邻居的儿子。周放为了表示尊重，特意穿了条合身的及膝黑裙，脸上还化了点儿淡妆。

化妆的时候，周放看着镜子里的自己觉得挺难过的。当年还在读书的时候，她总是想，这一辈子会为了自己最爱的那个人一直保持美丽，好好收拾自己。

可是这么多年的经历告诉她，这辈子只为一个人化妆是不可能的，因为一个女人一辈子可能会遇到很多个男人。

看，这世界上什么都能信，除了爱情。

这是一种只有女人会中的毒。

周放到达约定的咖啡厅时，发现和自己相亲的那个男人已经到了。他穿着白蓝条纹的衬衫，戴着眼镜，乍一看像哪个医院逃出来的病人。他的发际线赶超阿哥，体形微胖，这并不符合周放的择偶标准，但是她想想自己也不小了，又和人订过婚，也不能太挑。

她微笑着打了招呼便坐下了。

那男人拿着菜单特别强势地给她点了东西，这让周放心里有几分不悦，毕竟她也是个强势的人。

她告诉自己要忍住，也许他也有优点呢。

她这么想着，就听到对方开始大言不惭地说道："周小姐，你应该已经听你爸妈说了吧？我还没有结过婚，并且在外企工作。听说你以前订过婚，和前面那个男人同居了好几年，很明显，我找对象的优势比你大。"

周放的嘴角不自觉地抽了抽，她心想爸妈这是上哪儿找来的龟儿子？长成这个德行还有脸犯“直男癌”？

谁知此男居然还接着说:“你经济条件比我好,我对你的个人条件很满意。我只希望结婚前你给我爸妈买套房子，房产证上写我的名字，让我看到你和我结婚的诚意。”

周放抬头看了一眼“阿哥”的脸，忍无可忍地说：“不好意思，你姓什么来着？”

“我姓朱，这都好一会儿了，你怎么连我的名字都没记住？”

“这不重要！”周放摆了摆手，“‘猪’大哥，真的太不好意思了，诚意这个东西我从小到大就没有过！”说完，周放站了起来，从钱包里随便捻了几张钞票扔在桌上，“希望此生不会再见。”

本以为这样的“极品”自己遇上一个就够了，却不想，之后的几个星期，周放接连在相亲的时候遇到各式各样的极品，以至于最后她连在家吃饭都像受刑，那心情就跟上坟似的。

老妈喋喋不休地数落她：“你说你怎么回事？相那么多个，一个都不成？你乱凭什么感觉？你看你以前，挑三拣四的，结果呢？”

周放知道妈妈是说汪泽洋，所以有点儿理亏。

看吧，人一定不能走错路，因为一旦走错一次，之后就再也不会有人相信你的方向感了。

“妈，”周放有些泄气地说，“我不嫁人就不行吗？家里容不下我吗？”

本以为老妈会说点儿温情的话，结果她说：“那是当然的，难不成我要眼睁睁地看着我不到30岁的女儿，今后一辈子当老姑娘吗？”

“那你也给我介绍点儿靠谱的人啊！”

“怎么不靠谱了？每一个都身家清白，虽然有的经济条件不如你，但是也都很不错啊！”

“那是，一上来就让我给他爸妈买房子！”

“那个是意外，之后当兵的那个呢？”

“呵呵，我还什么都没说呢，他就和我说他对性生活很有要求，每周最起码要五次，我瞅着他脑子有点儿毛病。”

老妈被噎了一下，不死心地说：“那上周的那个律师小伙呢？我瞅着很靠谱啊！”

“他啊！”周放一翻白眼，“他哪儿是来相亲的，一上来就让我把公司的法律顾问职位给他，一开价就是年薪一百万！”周放越说越委屈，“妈！饶了我吧！这些‘精英’你就留给有需要的人吧！我真的不用了啊！”

“混账！”周放妈气得转身回了房。

周放终于赢得片刻的清净。

由于老妈逼得太紧，周放也开始不断催促小李给她找房子。只是她这个人对房子要求挺多的，来来去去看了好几个楼盘都不是很满意，她心里也挺着急的。

这天周放提前下班，打车去找秦清，两人约着一块儿逛逛。一见着秦清，周放就忍不住开始疯狂吐槽。

末了，秦清翻来覆去地看着自己艳红的指甲，说道：“你最近挺倒霉的，老遇到极品。这么着吧，我带你去算算运势吧，去最近很红的一个店。”

周放这人从来不迷信，所以她一直不太喜欢挣这种钱的“神棍”。

逼仄的空间里放着各式的铜像，点着让人有点儿发晕的香，光线昏暗，周放只能看清算命的男人挺年轻的，长得还不错。

她刚一坐下，就忍不住打量起面前的“神棍”。

“听说你算命很准？”

那男人用好听的声音说：“我没有算命，我只是透露了部分天机，每个人的悟性不同，怎么理解我无法控制。”

周放笑了笑：“那你给我算个东西，你算准了我就相信你。”

那男人抿着唇看着周放。

周放特别认真地说：“下期彩票的中奖号码是多少？”

还不等那个男人回答，一直在旁边没说话的秦清忍无可忍地大声吼道：“周放！你给我滚出去等着！”

周放灰溜溜地拎着包出来，转头看了一眼蚂蚁窝大小的店铺，暗暗吐槽：秦清这小蹄子，不就是看上算命的那个小白脸了嘛！还以为我不知道呢！又想老牛吃嫩草，这死丫头就是不长记性！

周放想着秦清这一进去八成要待上许久，干脆在路上逛了逛。走了一会儿她就觉得累了，随便进了街边的一家店喝了点儿东西。

这家店装修得精致而文艺，店里空间很宽敞，但因为店的位置不临街，所以人不算太多。

弧形的黑色沙发靠背能将人的视线完全挡住，只是背后的人说话的声音，被周放一字不落地都听了去。

傍晚时分，夕阳最后的橘色光芒懒洋洋地透过窗户洒在桌上，晕染着已经渐渐冷却的咖啡。女子的低泣声一直断断续续地传来，那么凄婉，男人却不为所动。

“你要是没有别的事我就先走了。”男人的声音始终充满疏离感。

末了，周放听到男子起身时衣料的窸窣声。

她下意识地抬头，正看见宋凛线条分明的下颌。

他目不斜视，并没有看见周放，倒是那女子，一下子就追了上来，抓住宋凛的手臂。周放这才看清一直在低泣的女子长什么样子。

及腰的长发被她烫成时髦而妩媚的卷发，她眉眼如画，眼神凄婉，只是脸上略缺了几分血色。

“凛哥，你不能就这么走了，除了你就没有人能帮我了！”

若是平常，周放一定会吐槽这男人不是个东西，对大美人居然这么冷漠。可这个男人不是别人，正是帮过周放的宋凛。

周放想着这女子大约是宋凛的风流债，这么好的机会，自己也该报报恩。

她倏然起身，强势地移开女子的手，用身体将宋凛和女子隔开。

“你这是干吗呢？宋凛是我男人！”周放说这话的时候气势很强，连在她身后的宋凛都被镇得愣了一下。

女子没有理会周放，眼睛盯着宋凛：“凛哥，我得了癌症。”

周放本以为女子会说出什么让自己却步的话，却不想她一开口便这么雷人。

这是演韩剧呢？

周放扑哧一笑，不正经地说道：“那我还只有一个肾呢，”不等女子回话，她接着说，“另一个卖了，买了手机。”

一直没出声的宋凛终于被周放这句话逼得破了功，扑哧笑出了声。

女子一见宋凛笑了，眼神不觉灰暗下去，不再纠缠，拿着包离开了。

宋凛停顿了一会儿，也迈步离开，周放看他脸色不太对，忍不住跟着他。宋凛一直沉默着没有说话，他们便这么一直走到了停车场。

“开车了吗？”宋凛回身很自然地问。

周放下意识地摇头。

“上车。”

也不知道为什么，原本应该等秦清的周放就这么莫名其妙地上了宋凛的车。

车厢里很干净，没有什么不该有的香味，周放觉得这感觉有几分奇妙。

“那是你的前任吗？”她问。

宋凛安静地开着车，淡淡地点头：“嗯。”

“想找你复合啊？”

“不是，”宋凛嘴角勾起一丝自嘲的笑意，“找我借钱。”

周放瞪大了眼睛：“什么借钱啊，说得这么文艺，就是要钱吧？”

周放说完这话才意识到，眼前这个嘴巴很坏的男人难得地什么都没有说。他英俊的脸上露出让人看不懂的神色，说不上是什么，却也似乎不是难过的样子。

“怎么？她不是找你和好，你挺失落的啊？”

一句话终于激得宋凛有了几分反应。赶巧遇到岔路口亮起了红灯，宋凛停下车，手撑着方向盘，偏过头似笑非笑地看着周放，用好听的声音说：“是不是更年期就会话多、话频？”

周放被“更年期”三个字彻底气到了。

几次了？他说了几次更年期了？

“你能不能稍微尊重尊重女人啊？你到底是不是男人啊？！”

看周放恼羞成怒的样子，宋凛突然笑出了声。

看着他再回过头来，周放如临大敌，思索着他是不是又要说出刻薄的话。

她得时刻准备着，输人不输阵啊！

却不想，他只是突然伸手过来抓住周放的手，放在自己的两腿之间，然后用一种特别欠揍的表情问周放：“你说我是不是男人？”

他本意是要捉弄周放，一般的女人遇到这种情形，多半会吓得抽回手，红着脸骂一声“流氓”。

但周放是谁？

只见她无比淡定，脸上甚至带着几分勾引的意味，抬头对宋凛抿唇笑了笑，手上轻轻地掐了掐，戏谑道：“还真是。”

周放这人一贯没心没肺、神经大条，除了这么多年对初恋那点儿执着的恨意，倒也没什么值得她一直记着的，所以车上的事没多久也就被她忘到九霄云外了。

倒不是宋凛没有魅力，相反，是宋凛魅力太大了。要是爱上那样的男人，估计怎么死的都不知道吧？

在感情上周放一直不太自信，所以她总想找个平凡的男人过平淡的日子，太多女人觊觎的男人她驾驭不了。可这个世界上根本不存在平凡的男人，不管是怎么样的男人，只要诱惑足够大都会出轨。

对结婚这事，周放已经彻底死心了，她只想好好经营公司、孝敬父母，想想这样的日子其实也不错。

周放是想和汪泽洋划清界限的，只是这个城市就这么大，怎么也绕不开。汪泽洋虽然人是个浑蛋，但是做生意蛮有一手的，靠着积攒下的人脉，他还是回到了这个圈子。

服装展销会的时候，周放带着助理穿梭于各个展台和公司，正巧碰上汪泽洋带着沈培培认真地和每位负责人洽谈。沈培培还是那么年轻又风情万种，不卑不亢地跟着汪泽洋。她明明也是很优秀的人物，却甘心当汪泽洋背后的女人，那甘之如饴的表情让周放觉得有些刺眼。周放和她还真是完全不同的女人。

其实这种展销会一般是公司的员工过来参加，很少有老板亲自到场的。周放因为上次王副总一事的教训，之后什么事都亲力亲为，而汪泽洋多半是出于公司刚起步不放心的缘故吧。

看着他一身笔挺的西装、夹着公文包的样子，周放不禁想起刚大学毕业时，两人为了开网店风餐露宿地跑供应链的光景。两人都是出身小康家庭的孩子，虽说不是多富裕，但也从来没有吃过那样的苦。跑了一天后，两个人还要共吃一份盒饭，喝一瓶矿泉水。

那时候汪泽洋是真的心疼她，把带肉的菜都拨给她，自己就着青椒也能吃一碗饭。

当时的周放怎么也想不到有一天汪泽洋会劈腿，会把跟她说过的那些承诺和甜言蜜语都对别人说一遍。

所以说，这个世界上想不到的事情太多了。

就像她想不到，忙完一天后却和独自一人的汪泽洋不期而遇一样。

周放不想惹不必要的麻烦，越过汪泽洋径直往前走去。她喝了酒也开不了车，助理送合作的老板去了，她只能自己打车，却不想汪泽洋一直跟在她身后。

她无奈地停下：“你跟着我做什么？”

汪泽洋看着周放的眼神有几分想念和不舍，他沉默了一会儿才说：“你最近……过得好吗？”

周放一听他这么问就来气，不由得冷冷一笑：“托你的福，好得很。”

汪泽洋见她这表情，不觉慌了：“我绝对不是要害你，我只是……只是希望你来找我，只是想要你回到我身边。”

看着汪泽洋有些不知所措的样子，周放只觉得心凉：“我已经从火坑跳了出来，又怎么会跳回去？汪泽洋，我们已经分手了，你和沈培培好好过日子吧。”

“我根本不爱她！我当初……我当初只是想找她生个孩子……我没想到……周放……你能不能——”

周放不耐烦地打断了他：“行了，过去那些破事儿我不想听，我走了。”

见周放态度决绝，汪泽洋恼羞成怒，突然拔高了嗓音说：“我是火坑！那你现在又跳到哪个火坑去了？你别以为我不知道！宋凛是个什么东西？能那么好心给你帮忙！周放你真行啊，现在一点儿廉耻心都没有了！和人睡觉换生意是不是？”

周放听着汪泽洋歇斯底里地说着，心想，人就是不能太过善良，不能随便把畜生当成人。

她手上捏着自己的皮包，想了一会儿才回过头来，对着汪泽洋粲然一笑：“我想想也是，和谁睡不是睡，干脆睡个厉害的。”她突然暧昧地看了汪泽洋一眼，“不过啊，人家比你年纪还大呢，时间比你长多了，看来你真是被‘小妖精’榨干了！”

汪泽洋被她这种恬不知耻的、一口承认的态度气到了。

“周放……你……你……”

见他“你”了半天没“你”出什么，周放觉得无趣，转身离开了。

离开会场，汪泽洋总算是没有再跟来，也好，清净了。

外面的天还没有黑透，只是天气不怎么好，竟然下起了雨。来展销会的人太多，周放在门口打不到车，只得再往前走一些。

雨一直下着，周放走在雨中，心底突然就有了几分软弱。原来她周放也并不是什么女超人，她也会难过，也会疲惫，也会想要一个肩膀靠一靠。

这么想着，周放有些鼻酸。

她闭上眼睛深吸了一口气，再睁眼时，突然被一把黑色的伞遮住了视线。她下意识地回头，正看见宋凛那张英俊而成熟的面孔。

雨淅淅沥沥地下个不停，朦朦胧胧的湿气里，宋凛就像童话中骑着白马从天而降的骑士，有那么一瞬间，周放很想卸下所有的伪装冲进他的怀里。

可是她没有，她一直是个坚强到有点儿变态的女人。

风凉凉的，她搓了搓手臂，下意识地低头，才发现衬衣被淋湿了贴在身上，透出了内衣的形状。她有点儿尴尬地双手抱臂，转移了视线问宋凛："宋总，你怎么在这儿？"

宋凛把伞塞到周放手里，利落地脱掉西装外套，随意地披在周放身上。

周放被他这个举动吓得往后退了一步，防备地看了他一眼："干吗？"

宋凛漫不经心地看了周放一眼，淡淡地回答："盔甲。"

周放身上的西装外套带着宋凛的体温，还夹杂着一丝薄荷的淡香，是专属于这个男人的气味。

"怎么没开车？"宋凛问。

"喝了酒。"

"助理呢？"

"送别人走了。"

"哦。"宋凛用下巴指了指前面，"我带你一段，这边打不到车。"

周放跟着宋凛上了车，刚扣好安全带，就听到宋凛说："我要回家，和你不顺路，一会儿下个路口下车，你自己去打车。现在堵车我不想进环路。"

刚才周放脑子里还在想什么来着？怎么会有那么荒唐的想法，她怎么会觉得宋凛是骑士呢?

雨势渐大，虽然雨刷一刻不停地来回扫着，但是挡风玻璃依然被冲刷得看不清前路。好多必经的路段被水淹了，宋凛不得已改了好几条道，到最后他没了耐心，突然一掉头改了道，上了环城公路。

“这是要去哪儿？”

“我家。”宋凛干净利落地回答道。

“为什么要去你家？”

“那要不我停车让你下去？”

周放看了一眼窗外的瓢泼大雨，讷讷地说：“你带我去你家是想干吗？”

宋凛突然笑了笑，回答：“放心，不想干什么，我也害怕被空虚的老妇女榨干。”

周放听他这么说，面子上挂不住，立刻不客气地说道：“我看你就是老了，不行了。”她故作遗憾地道，“上次被我掐了一把也站不起来。”

“不，”宋凛回过头来，同情地看了一眼周放，“只是对你站不起来而已。”

周放知道宋凛这是在讽刺她没有魅力，心里简直要气炸了，要不是他还在开车，她真的很想和他练一练!

这个男人的毒嘴真是有多少钱也没救，她真是为未来和这个男人生活在一起的女人感到悲哀。

世界上男人那么多！她怎么能这么不长眼睛?

宋凛把周放带到了他位于二环边的一套高档公寓里。公寓面积很大，装修虽简单但看上去很是精致，只是房子里空荡荡的，缺少了点儿人气。

宋凛翻箱倒柜地给周放找了条裙子，嫩黄的颜色，领口还有蝴蝶结，看上去像是少女穿的衣服。

周放接过衣服的时候，心里不禁想，原来宋凛好这一口，怪不得老说她老呢！

她把湿透的衣服换下来，那裙子她穿着倒是刚好合身，只是那样子着实有点儿不适合已经 28 岁的她。穿上裙子以后，周放连镜子都不敢照——太不好意思了。

她从盥洗室出来，就碰到了刚洗了头发正在擦拭的宋凛。

零星的水珠从他头顶滑落到脖颈，凸起的喉结看上去很是性感，只是还没等周放咽口水，宋凛已经忍不住扑哧一声笑了出来。

周放知道他是笑她这身打扮，也不好说什么，只是狠狠地白了他一眼。

周放拿起自己的包就要走："现在雨停了，这边也好拦车，我走了。"

宋凛眼都没抬地说道："慢走不送。"

这个男人大概真的不知道"风度"二字怎么写吧。

周放一边收拾自己的衣服，一边腹诽。她刚一站定，就被玻璃柜里的两张照片吸引了视线。

一张是看上去还很青涩的宋凛穿着白衫黑裤和一个扎小辫儿的女孩的合影，背景是一栋看上去很普通的县城自建房。另一张是一个十几岁的少女，和宋凛眉宇间有几分相似。

周放下意识地随口问道："这是你妹妹？"

宋凛回过头来，很不耐烦地看了周放一眼："怎么还没走？"说着他朝周放走了过来，将周放面前的玻璃柜门打开，把两张照片翻了过去。

"这是我女儿。"

"女儿？你才多大？有这么大的女儿？"周放震惊地看着他。

还没等周放继续说什么，宋凛已经不耐烦地把她推了出去。

周放站在电梯前，看着宋凛家紧闭的大门，再一次替未来那个要和宋凛在一起的不幸女人感到悲哀。

谁看上这么一匹脱缰的野马，真是不幸啊！

很多时候周放会很潇洒地和别人说：“为什么要找男人？我觉得我一个人也挺好的，现在找个男人只不过是降低我的生活质量而已。什么？爱情？这东西也能信？”

可是时间越久，周放越觉得自己一个人有些寂寞，以前那些不能和父母说、不能和秦清说、只会说给汪泽洋听的话，现在都只能憋在心里。

做噩梦的时候，一个人醒来，抱着枕头。不知道为什么，周放隐隐约约觉得这样的自己有些可怜。

可她不会把这些话告诉任何人。

她不希望别人觉得她可怜。

近来应酬很多，周放夜里常常和人喝酒喝到“转钟”。正常的女人怎么会过她这样的生活？

助理和副总偶尔也会替她喝酒，可她一个没有男人的女人到底还是没什么人心疼，那些大老板都当她是男人，劝酒的时候毫不客气。

装修得富丽堂皇的 KTV 里，周放刚经历了一轮大吐特吐。她拿手帕纸擦了擦嘴，然后站在通风口下面，风飕飕地吹在脸上，她终于清醒了几分，只是整个人还有点儿晕，头有些重。她很疲惫地扶着设计感极强的凹凸墙面，一步一步地往包间走。

也许是梦吧？可是又似乎不是。

她走得很慢，抬头的瞬间，视线里出现了一道熟悉的身影。

那身影隐隐约约的，像一道剪影。他穿着灰色的合体西装，头发剪得很短，气质和整体的感觉好像都有些变了，却依然是记忆中的那个人。

他走到周放面前，背影还是那么卓然，怪不得那么轻易地吸引了少女时代的周放。

她一直跟在那人的身后，直到有人出来寻他，高声地叫着：“霍辰东！快点儿啊！怎么着？想跑啊！”

他爽朗地笑着，这才点点头，加快了脚步，一转弯，走进了和周放所在包间完全相反方向的走廊。

他的身影就这么从周放的视野里消失了。

可是不知道为什么，那一刻，周放突然觉得委屈得不能自已。

KTV 的内嵌音箱里放着低沉的音乐，是周放极爱的王菲的歌。

“当时我们听着音乐还好我忘了是谁唱谁唱
当时桌上有一杯茶还好我没将它喝完喝完
谁能告诉我要有多坚强才敢念念不忘
当时如果留在这里你头发已经有多长多长
当时如果没有告别这大门会不会变成一道墙
有什么分别能够呼吸的就不能够放在身旁
看当时的月亮回头看
当时的月亮曾经代表谁的心结果都一样
看当时的月亮
一夜之间化作今天的阳光
谁能告诉我哪一种信仰
能够让人念念不忘
当时如果没有什么
当时如果拥有什么又会怎样”

周放终于忍不住哭了出来。

她觉得自己这个样子真的很悲哀，她不该是这样软弱的人。明明他们已经分开那么多年了，不知道为什么自己再见到他还是会觉得难过。明明之前还在秦清面前那么理直气壮地把他狠狠地鄙视了一顿不是吗？

可是此刻为什么还是会觉得这么委屈？

当时的月亮终究已经过去了，没有化作阳光，只成了一道浅浅的阴霾，以至于周放这么多年都没能走出那片阴影。

所以说，恨其实是一种比爱更持久的感情吧。

带着醉意，周放用头抵着墙，她不想让人看见她软弱的样子。

周放死死地捂着眼睛，拼命想要阻止那些水珠掉下来，可是它们还是顺着指缝流了下来。

“喂。”熟悉的男人声音在身后响起。

周放不愿意转过头去，她不想自己此刻的模样被人看见。来人觉得没有受到尊重，抓住了周放的肩膀，强行将她扭了过来：“你现在怎么变得这么没有礼——”

“貌”字还没说出口，宋凛已经看清了周放狼狈的样子。脸上戏谑的表情瞬间收起，眉头微微地蹙了起来。

“周总！”就在这时，因为周放出去太久了，助理和一块儿喝酒的张总都找了过来。

周放觉得脑子有点儿蒙，这样的情况她实在不知道该怎么反应。这副狼狈不堪的样子竟然被这么多人看到，她下意识地低下了头，想要逃避。

就在她还没想好用什么表情去应对这一切的时候，她的身体已经被一双臂膀圈住。

宋凛轻轻地一揽，将周放抱在了怀里。

那一秒，时间好像停住了一样，一切喧嚣的声音都戛然而止。

宋凛下巴紧挨着周放的头顶，规律的心跳声紧贴着周放的耳畔，好听的声音就那么淡淡地响起："你们周总有点儿醉了，我先带她回去，你把她的包拿出来。"

此情此景若是发生在别人身上，定是要惹来不少麻烦，只是这人是宋凛，圈子里的名人，有钱有地位，正常人都想与他结交，谁又会去质疑他什么。只是所有看向他们的眼光，都不觉暧昧起来。

助理愣了一下，很快就把周放的包拿了出来。

宋凛紧紧地搂着周放，理直气壮地往外走。

周放也不知道自己是怎么了，觉得全身都使不上劲。她不想推开身边的这个男人，这一刻，她似乎受了这个嘴巴很坏的男人的蛊惑，怎么都离不开他那令人眷恋的体温。

这个男人的怀抱好像是这世上最安全的避风港，她真的舍不得离开。

宋凛平稳地开着车，车厢里放着轻柔的音乐，氛围非常安宁静谧。两人都不说话，周放只是用手撑着下巴，呆呆地看着窗外的风景。

等宋凛把车开到海边的时候，周放已经完全恢复过来了。

两人坐在观景台的长椅上，宋凛递过来一瓶矿泉水，周放沉默地接过来喝了几口。

周放看着平静的海面，问道："你会不会觉得我是个很懦弱的人？"

耳畔是宋凛轻笑的声音："当然，不懦弱的人怎么可能在 KTV 里靠着墙痛哭？"

被人这么直白地说出来，周放不觉有些懊恼，扭过头来瞪了宋凛一眼：“你要是告诉别人，我就杀人灭口！”

宋凛的表情还是那么轻佻，可是看着他，真的不会让人讨厌。

他挑了挑眉：“放心，我对老女人的八卦没什么兴趣。”

周放皱了皱眉头，想到之前的种种，突然很认真地问宋凛：“你只和年轻女孩子来往？为什么只喜欢年轻的女孩子呢？”

宋凛听她这么说，忍不住笑了：“别把我说得和禽兽一样行吗？”他转过头去，用很复杂的眼神看着远方，说道，“我只是很羡慕她们而已。”

“羡慕什么？”

“羡慕她们还拥有的，而我已经没有的，年轻的时光。”

周放想了想，皱了皱眉说：“如果只是时光，那年轻的男孩子也有啊！”

宋凛用看神经病的眼神看着周放，他伸出手来，弯了弯手指说道：“真不好意思，我不是男同性恋。”

周放这才意识到自己说的那句话有多蠢。

宋凛对她那傻乎乎的表情似乎并不讨厌，他抿了抿唇，很感慨地说：“我年轻的时候和一般人不太一样。”他很认真地看着周放，第一次和她说起关于自己的事，“我来自一个思想很守旧的小镇，家里开了个五金店，在那地方也算过得还行。父母就我这么一个儿子，他们对文化没有渴求，觉得差不多就行了，把家里的店经营好，也够我生活了。”

周放没想到宋凛会是这样的出身，看他年轻有为，气质又好，做事情又很稳重，她一直以为他是富二代。

宋凛接着说：“高三学习最忙的时候，父母逼我结婚生孩子，他们怕我考上大学，到了大城市就不愿意回去了。为了能顺利上大学，我高三就办了婚宴，早早当了爸爸，大学四年一边学习一边打工养老婆、养孩子。那时候我从来没有想过有一天我会离开家乡，在外安家立业。”

他突然笑了笑，不知道为什么，周放觉得他这笑容并不是因为自豪，而是遗憾。

“看吧，如今我在这个城市，坐在这里，和你说话。人生就是这样了，有很多意想不到的事情。”

周放点点头。

“所以分手也没什么大不了。”

周放这才反应过来，原来宋凛说这些是想安慰她，他大概以为她还没走出和汪泽洋分手的阴影。周放也不想解释，只是叹了一口气说道：“我读大学的时候，以为我会和初恋男友结婚，结果初恋不要我了。后来我和别的男人订婚，那男人却又劈腿，人生确实有很多意想不到的事。”

周放很少这样把伤口揭开给别人看，也许是这夜里凉凉的海风蛊惑了她吧，她居然对宋凛这个并不熟悉并且嘴巴坏得不得了的男人说了这些。

宋凛听了她的话，点了点头，然后用无比认真的表情对周放说：“你的事我听说过，没有魅力是天生的，这并不是你的错。”

看着他这么不以为意地说出让人想吐血的话，周放满身是伤。她咬牙切齿地瞪着宋凛，愤怒地说：“刚才那么有人性的你只是鬼上身了吧？”

看她恼羞成怒，宋凛立刻高兴地笑开了：“还是这样的表情适合你。”说完，他突然伸出了手，很温柔地摸了摸周放的头发，一下又一下，“如果我在十几岁的时候遇见你，也许会用力地抱抱你。”

周放嗤之以鼻：“十几岁就可以对我性骚扰吗？”

“不，”宋凛摇摇手指，“十几岁的时候眼光不行，可以因为没什么见识而被理解。”

周放彻底被激怒了，倏然站了起来，叉着腰对宋凛说：“宋凛，以后我们见面就当不认识吧。”

宋凛一脸无所谓的表情看着她，耸了耸肩：“OK。”

看着他那一副欠扁的样子，周放气得咬牙切齿。

明明说好了以后见面装作不认识，现在却拎着包站在宋凛公司的楼下，周放觉得自己有点儿厚脸皮。但她转念一想，自己的脸皮从来就这么厚，倒也无所谓。

好像从小到大周放就是这样一个目的很明确的人，当年霍辰东也是她自己倒追的。

读大学的时候霍辰东是学校的校草,长得帅家境又好,好像天生的男主角。那么多女孩对他展开攻势，他都无动于衷，却独独被周放没脸没皮的追求打动了。

回想当初，她每天跟变态一样跟踪他，霍辰东被她跟烦了，忍无可忍地和她说：“你别喜欢我了，其实我喜欢男人。”

周放还能厚颜无耻地对他笑着说道:“好巧,我也喜欢男人,我们真有缘。”

周放以为爱情和生活中的每件东西都一样，如果想得到，就要为之努力，最终一定会有好结果。

却不想，没脸没皮追来的爱情就是没有什么分量，霍辰东从头到尾都那么轻视她，所以连分开都是那么容易。

后来她不再为了爱情把自己的姿态放低，所以选择了对她呵护备至、耐心追求她的汪泽洋，却不想一样没有好结果。

有的人天生不适合谈恋爱，比如周放。

周放挺直了脊背站在电梯里，电梯里的镜子将她的模样完整地映出来。化着精致的妆容、穿着贴身职业裙装的周放看了看自己，觉得裙子似乎太长，又用力地往上提了提，看着自己白花花的大腿，她不禁自嘲地笑了起来。

工作中的宋凛和私下的宋凛完全是两个人。从周放到公司开始，她已经等了近四个小时，宋凛才终于肯抽出十分钟来和她谈谈。

周放进宋凛办公室之前深吸了好几口气，一直在思索该用什么样的表情面对他，最后只用了最平常的微笑，却不想宋凛连头都没有抬。

“咯咯。”周放小声咳嗽了两声，试图引起宋凛的注意。

“感冒了？”宋凛抬头看了她两眼，然后又低下头，“感冒了就离我远点儿，我可不想被你传染。”

狠狠一箭射了过来，周放觉得受了点儿伤。她撇了撇嘴，开门见山地说：“能不能通融通融，让我的公司参加下一季的《衣见钟情》？就是9月播出的那个节目。”

宋凛停下了笔，看了她一眼，挑了挑眉：“凭什么？”

“我最近有一批货选材出了问题，过水以后严重缩水。为了保住信誉，我全部拆了重做，受到了一些损失。”

“然后？”

想到宋凛是个人精，撒谎吹牛都不合适，倒不如老实交代，周放抿了抿唇，诚恳地说道：“我今年遇到的几件事你也都知道了，公司运营得不算太好，如果能让我上《衣见钟情》打打广告，对重塑品牌有利。我知道这个节目是你们公司赞助的，你和那个节目的刘导也熟，总归要找人上节目的，我或者别人都一样。所以……你能不能做个顺水人情，让我公司的设计师上？”

宋凛笑了：“据我所知，下一季的参赛公司已经定好了，现在把你安排进去就要踢掉一个。就像你说的，总归是找人上节目，你和别人有什么区别？你又能给我什么好处？”

“……”周放咬了咬唇，“你想要什么好处？”

“呵，”宋凛的笑声显得有些轻蔑，“我长得像公私不分的人吗？回去吧，我不是吴三桂，你长得也完全不像陈圆圆。”

“真的不能再谈谈吗？”周放这个人很执着，一笔生意谈不成她就咬着不放。

“我从你身上看不到什么好处。上次那事是顺水人情，我的加工厂具备这样的生产力，谁出钱给谁加工，这很正常，但是节目这事我无利可图，不是吗？”

见宋凛拿起笔在文件上写写画画，周放知道再谈下去也不会有结果，只得回去。此事她自是不会放弃，办法都是人想出来的。

她刚要出门，身后传来宋凛的声音：“公事谈不成，我们倒是可以谈些私事。”

周放没好气地瞪着他：“我们之间有什么私事可谈？”

宋凛轻轻地扯动嘴角，看向周放的眼神变得赤裸暧昧起来，都是成年男女，周放自然能看懂他眼神里的意思。

她狠狠地瞪着他：“你想得美！”

看她恼羞成怒的样子，宋凛突然开怀大笑：“周放，你脑子里那些龌龊的东西才是真的想得美。”

周放知道自己又被耍了，无心恋战，狠狠地摔门离去。

开车一路遇到红灯，周放气急败坏，一直骂骂咧咧，却不想祸不单行，车还在半路抛锚了，她不得不站在大路中央打起了拖车电话和助理的电话。挂断电话后，她忍不住在心里诅咒宋凛，心想自己遇到那个男人之后就没有一件好事，一定是命数相克！

她正烦躁地叉着腰站在原地等助理，身边突然响起了喇叭声。周放不耐烦地回头去看，正准备骂人，就看见身旁的黑色轿车里探出一个男人的头来。

“周总，这是怎么了？”

周放一见是《衣见钟情》的刘导，立刻变了表情，堆起笑容："车抛锚了。"

刘导爽朗地笑着："周总你这车好几年了吧？一个大公司的老总，开个高尔夫，这是学老一辈搞节俭？"

周放讪讪地一笑："开惯了，不想换。"

"也是，女人都是长情的动物。"刘导朝周放招了招手，"上车，我送你一程。"

周放当然不会错过这样的机会。她上车后才发现车上不仅有刘导，还有个不认识的中年男子，周放原本想说说上节目的事，权衡之后没有开口。

不想刘导却很健谈："你这是从哪儿来？"

"宋凛那儿。"周放如实地回答。

刘导听她这么说，看向她的眼神顿时变得复杂了几分。周放起先觉得有些莫名，然后看见那两个男人的笑容里都多了几分意味深长，立刻明白过来，她憋着股气正想发作，脑子里却突然灵光一闪。

她微笑着对刘导说："是一点儿私事。"

她故意说得暧昧，刘导立刻明白了她话里的意思。

"宋凛才是福气大啊，身边都是桃花。"

周放故意表现得很生气的样子说："可不是？这样的男人，真是不能托付啊。"

刘导不愧是宋凛的朋友，立刻说："哪儿的话，都是那些女人贴上宋凛，宋凛还是很正直的。"

周放忍着翻白眼的冲动，笑着说："刘导你就胡说吧！宋凛除了对女儿正直，还能对别的女人正直？"

"女儿？"刘导一脸震惊的模样，"宋凛带你见过他女儿？"他的表情瞬间严肃了几分，"周放啊，你早说啊，都是一家人，还说什么二话啊！"

身旁一直没说话的男人满脸疑惑，低声问刘导："他放下了？他前头那个老婆不是给那谁当小老婆了吗？”

刘导听到这话，立刻瞪了那人一眼：“在周放面前胡说什么呢？！宋凛一直是个大光棍。”

周放察言观色了半天，最后还是按捺着什么也没说，只是对刘导微微笑道：“刘导啊，那上次我和你说的上节目的事……”

刘导哈哈大笑道：“都是一家人，上节目不就是一句话的事。”

周放没想到宋凛居然这么好用，不用可不是傻子吗？这瞎猫撞死耗子的事她是第一次遇到。

想想也没什么可心虚的，她也没说过和宋凛有什么关系，都是刘导自己在那儿瞎领悟，要是宋凛否认也没什么丢人的，她根本就没说什么啊。

再说了，像刘导这种大忙人，自然没空去和宋凛核实，如果他真的不去核实，什么都不问，那她就可以先进节目了。

周放到家下车后，恭敬地向刘导道了谢，心情好了很多，哼着小曲就回家了。

与此同时，送周放回家的刘导邀功一般给宋凛打了个电话。

“老宋啊！你猜我今天送谁回家了？”

宋凛觉得有些莫名其妙，但还是笑问道：“老刘你这是无事不登三宝殿，你这是送谁回去了？”

“去去去，我这不是老朋友拉家常嘛！”刘导笑着说，“周放是你女人你怎么不早和我说？今天在路上碰到她，我差点儿在她面前把你那些艳史给说了，还好我聪明！”

“周放啊……”宋凛若有所思，“她怎么了？”

“能有什么啊，她从你那儿出来你也不知道送送，车在大马路中央抛锚了。

宋凛你这是搞什么鬼，怎么对自己的女人这么不知道怜香惜玉。你和我说说你这次到底是不是认真的了？”

宋凛脑海里莫名地出现了周放气冲冲地开着车离开后，车在大马路中央抛锚时气急败坏的模样，想着想着就忍不住笑了起来。他淡淡地说着：“这事我肯定好好谢你。她这不是和我闹矛盾嘛，还没等我说什么就气冲冲地跑了。”

“女人要哄啊！”

宋凛笑得意味深长：“那是自然，我一定会好好哄的。”

原本周放还有点儿提心吊胆，却不想刘导那儿真的一点儿动静都没有，顺顺利利地和她签了协议，还派人过来录了一些前期的资料视频。

周放心怀侥幸地想着，这是老天在帮她啊。

像她这么无耻卑鄙的人，吃了一次甜头就会贪婪地想要第二次，自从她发现宋凛这么好用，就开始如法炮制第二次、第三次……奇怪的是，每一次她都能达成目的，以至于现在圈子里不少老板真的以为周放是宋凛的女人。她自然不会去解释，就这么躲在宋凛的庇佑下轻松挣钱。

一切都发展得太顺利了，致使她渐渐失去了警惕心。假话这东西说多了，渐渐也和真的一样了，她现在对此事已经完全不紧张了，利用起宋凛来那可是信手拈来。

这天她正陪着大客户吃饭。

这老板和宋凛吃过两次饭，对宋凛很崇拜。周放一直硬着头皮听他在那给宋凛唱赞歌，要知道她眼里的宋凛和这个男人说的可完全是两个人啊！

晚上按摩完了，周放扶着那老板回房，想把他撵去睡觉，她就能下班回家了，不觉脚步就快了许多。

刚走到给他订的房间，周放松开他，在包里找钥匙，也就两秒的时间，他已经带着几分微醺晃到别处去了。

周放急忙赶过去，就看见他正拉着一个周放非常熟悉的人。

“宋总！”那人很是兴奋地喊着宋凛的名字，“你也在啊！”他意味深长地看了看周宋二人，随后走过来从呆立在原地的周放手里拿过房间钥匙，非常识相地说道，“宋总在，周总你去吧，不用管我了，我自己回房去睡觉。”说完，他还无比暧昧地冲周放和宋凛一笑。

看着他踉跄地回房，然后无比果断地关上门，周放终于意识到，此时此刻，走廊里只剩下她和宋凛两个人了。她终于感受到了压力，后背瞬间热了起来，头皮一阵阵发麻。

她正准备逃走，身后一直没说话的男人轻而易举地抓住了她，周放想挣脱，那人却抓得更紧。

男人和女人在力气上的差距自是不用多说，宋凛轻轻一拽就把周放拽进了怀里。两人距离极近，近到周放能闻到他身上淡淡的酒气。

宋凛会出现在这种地方，自然是应酬来了，就是不知道是谁应酬谁。

他的脸颊微烫，贴在周放的耳侧，周放只觉得身体好像被这热度麻痹了。她想要回过头去，可是他贴得太近了，她只要一扭头就会亲到他的脸颊。

“放开我。”

宋凛笑了起来：“不放。”

说着，他突然一用力，将周放抱了起来。

等周放回过神，她已经被宋凛抱进了他的房里。

她想往外逃，宋凛手疾眼快地关上门。他眯着眼睛看着她，仿佛看见了猎物的豹子，姿态优美却又充满了危险。

他对她勾了勾手指：“乖，过来。”

周放想走，只是还没走两步就被宋凛抱住。他的力道不大不小，有着男人不容置疑的霸道，却又偏偏带着几分让人无法拒绝的温柔。

他将周放打横抱了起来，很温柔地放到宽大的床上。周放想爬起来，他已经整个覆了上来。

他将双手撑在周放的身体两侧，那样近的距离，近到几乎能呼吸到对方的气息。

宋凛没有直奔主题，而是把玩着周放的头发，那撩拨的姿态像一把火，将周放的脸整个点燃了。

宋凛低头，一个轻柔的吻落在周放的鼻尖，带着几分酒精的气味，周放觉得自己也微醺了。

“听说你是我的女人？”宋凛的嘴角带着几分戏谑的笑容。周放早该想到，他怎么可能会不知道，他就是在等机会一并收拾她。

周放有些紧张：“你……你想干吗？”

宋凛理直气壮地回答：“睡自己的女人。”

说着，他的吻已经铺天盖地般落了下来。

和宋凛这种高手相比，周放完全是不堪一击的菜鸟。

周放觉得热极了，她想推开他，全身却好像失了力气一样，整个人意乱情迷。

“你想干吗……”此刻周放软弱无力的抵抗更似欲迎还拒，勾起了宋凛的欲望。

她的双手抵在宋凛的胸口，手心满是宋凛紧实的胸膛的触感，她呢喃着：“你疯了……你醉了……”

宋凛用胡楂摩挲着她的脖颈，声音里充满了诱惑的意味，他明明还在解着周放的衣服，却大言不惭地说：“给你机会，你也可以推开我。”

周放自是没有推开他，她羞耻地别开头：“你很狡猾。”

宋凛见她这模样，笑了起来，低头吻了吻她的额头，说道："相信我，对待算计我的女人，这绝对是最轻的惩罚。"

宋凛滚烫的身体贴着周放，距离那样近，周放的瞳孔有些失焦。

他问她："你想找个什么样的男人？"

周放坚定地回答："把命交给我的男人。"

周放觉得自己快要窒息了，她像海中突然被浪头冲上岸的鱼，只能紧紧地抱着眼前这个男人才能短暂存活。

这是极其混乱的一个夜晚，夜色看似宁静，却似乎有着少许波澜。

夜，是那样的漫长……

周放早上是循着生物钟醒来的，她全身的骨头像要断了一般疼痛，尤其是腰，酸得不行。她醒来的时候宋凛还在熟睡，那不设防的样子让周放的心跳不觉地加快。

太奇怪了，从认识他开始，她的原则一再被打破。她看着凌乱的床，羞耻之心终于涌了上来。她赶紧从床上爬起来，蹑手蹑脚又快速地穿戴完毕，拿着包正要走，想了想又折回来。

周放想到昨夜自己丢盔弃甲的样子着实丢人，好歹也要扳回一局才行。

这是一场成年人的游戏，谁认真谁就输了。游戏规则，即使周放是个菜鸟，她也懂。

宋凛循着生物钟醒来时，枕旁已经没有余温，只有他的臂弯里还有淡淡的香气。这女人做事的风格和她这个人完全一致，即使在床上也不懂得服软，像个角斗士，激起了他的征服欲。

回想昨夜激烈的“战况”，宋凛竟有几分难得的兴奋。

他刚要起身，余光便看见了床头柜上那女人唯一留下的东西。

古铜的金属颜色，熟悉的钢镚儿——五毛钱。

他顺手把硬币捞过来，仔细看着那枚没什么特色的硬币，想着那女人是用什么样的表情放在这的。

想必是趾高气扬又理所当然的样子，宋凛终于忍不住笑了起来。

第三章
卷土重来

宋凛穿好衣服洗漱完毕，戴好手表，这才发现原来已经九点了。他掏出手机看了一眼，觉得今天未免安静得过分。刚这么想着，电话铃声就响了起来，屏幕上出现了一个陌生的名字——秦清。

宋凛皱了皱眉，没想起这人是谁，便接了起来："你好，我是宋凛。"

电话那头不知道是怎么了，半天都没声音。

宋凛疑惑地看了一眼，电话没有挂断："喂？"

这次电话那头终于有了声音，一个女人嗫嚅地问道："请问，这是周放的手机吗？"

宋凛听到周放的名字，这才意识到那女人可能是拿错了手机。

怪只怪 iPhone 泛滥，撞机率太高，再加上宋凛和周放习惯一样——黑色、不用外壳、不贴东西，屏保和铃声都是最原始的——更加可能会拿错。

宋凛停了两秒，突然挑了挑眉，用理所当然的口吻说："我是宋凛，周放早上走得太急，拿错了手机。"

秦清吓得直哆嗦："没……没事……我打她家里电话。"说完她就挂了。

宋凛捏着手机，想起了什么，忍不住笑了起来。

再说周放这头，虽然早上雄赳赳气昂昂地留了五毛钱，但是想来想去还是觉得自己气势上输了许多，不自觉地揪了揪头发。

和汪泽洋分手后，她虽不是自愿洁身自好，但实质上确确实实是久旷之身，想必那个步步为营的男人一定在心里笑话她了。

周放心想下次一定不能表现得这么孬，不能让他觉得自己没什么见识。

嗯？下次？

周放拍了拍自己的脑门，想什么呢这是？

她扯了扯衣角，正准备进家门，手机响了起来，有电话进来了。

她对屏幕上的名字没有特别注意，直接接了起来。

“宋总，城市时装的秦总今晚约的九点，您没有忘记吧？”

周放脑子一时没有转过来，下意识地问：“什么玩意儿？你喝醉了吧？秦总我们不是约了几次没约上吗？”

电话那头的人听到周放的声音，愣了一下，随后很淡然地说：“小姐您好，我是宋总的秘书，能麻烦您把电话给宋总吗？”

周放一头雾水：“这是我的手机啊！”说着她又把手机拿远看了一眼，看见上了面的名字，阮秘书？

“你可能是打错了，你找的什么宋总，我真的——”周放的脑子像突然被一道闪电劈中了，整个人也清醒过来：“宋总？你是说宋凛？”

周放吓了一跳，赶紧把电话挂断，又看了看手机的各种程序，终于意识到，她拿错手机了！

当她意识到这个问题的时候，紧接着意识到了另一个问题，那就是，宋凛的秘书对于一个女人接了宋凛的电话这件事竟然这样习以为常。

果然，人渣就是人渣，想必这种事他的秘书已经遇到过很多次了……

周放气喘吁吁地赶回酒店，却不想宋凛已经走了。她拨自己的号码拨了好多次，直到快十点，宋凛才不紧不慢地接起了电话。

周放先发制人：“你怎么回事？拿了人家手机不还就这么走了！”

宋凛还是一贯漫不经心的态度：“原来是拿错了啊，我还以为你是故意的，想多见我一次，我就想着晚上再找你。”

周放被他的大言不惭气得直吐血：“您可真是臭不要脸呢。”

“怎么能不要脸呢？”宋凛认真地说，“我还靠脸挣钱呢。昨晚我不就赚到了吗？嗯？”宋凛的一声“嗯”尾音拖得格外长，语气那叫一个意味深长。

周放这才明白什么叫搬起石头砸自己的脚。她强咽一口气，直截了当地说：“你在哪儿？手机还我！”

“雪松园，你过来拿。”

周放心里正气着，但是想着雪松园离得也不远，打了辆车就去了。

周放到的时候，宋凛正在惬意地喝着早茶，大约是一早就有吩咐，她一进店就有笑容满面的服务员将她领进了宋凛的包间。

古色古香的装潢，安静宽敞的环境，圆桌上摆放着各式精致的茶点，风格上偏向广式。

周放看了两眼才觉得有些饿，再一看桌旁的人，除了宋凛，还有两个中年男子。有旁人在，周放也不好意思说什么，微笑着坐到宋凛身边，压低声音说：“手机还我，我走了。”

宋凛仿佛没听见周放说了什么，亲昵地把手环在周放的腰间，周放像触电一样倏然挺直了背脊，回头狠狠地瞪了他一眼，示意他赶紧放手。可惜宋凛这家伙完全当她的反应是空气，还用十分亲密的口吻说：“尝尝，常总请客，美食家。”

对面的男人哈哈大笑：“宋总过奖了。”

周放压低声音又问：“是不是不还？”

宋凛眯着眼微微一笑，突然凑了过来，咬着周放的耳朵说：“要是坐不住你先走？我晚上再找你？嗯？”

宋凛又嗯了一声，也不知道怎么了，周放只觉得他的声音充满了挑逗，耳朵唰地就红了。她噤了声，拿起筷子，低头开始吃早点。

宋凛有一搭没一搭地和对面的男人聊着，而身旁的周放则像牢里放出来的囚犯，完全没点儿女人样，不一会儿就把一桌吃食消灭了个七七八八。对面的男人看着她，也觉得有些尴尬，大约从来没有见过这等人物。

宋凛一直笑着，最后清了清嗓子说：“常总推荐的就是味道好吧？瞧你吃的，让人家见笑了，还得说我宋凛饿着女人呢。”说着，他拿起桌面上的纸巾，温柔地擦了擦周放的嘴角。

周放忍着恶心，嘴角抽了抽。

“感谢常总招待，你说的合作，我们下次见面再聊。”宋凛说着拉起周放就要走。

对面两个男人见宋凛起身要走，马上变了脸色：“宋总，每次都这样打哈哈不好吧？成不成至少给个准话啊！”

宋凛捏了捏周放的手，一副漫不经心的模样：“我宋凛做人有个原则。”他顿了顿，再抬头，眼中不觉有些冷酷之意，“不在自己的女人面前，谈感情以外的事。”

说着，宋凛牵着周放就这么大摇大摆地走了。

上了宋凛的车，周放捏着自己的手机不住地吐槽：“真不要脸！怎么能这么不要脸！拿我当幌子！怪不得要我来雪松园呢！”

宋凛开着车，正好遇到红灯。等绿灯时，他回头看了周放一眼：“难道你不是我的女人？”

“我什么时候成你的女人了？”周放气得吐血——这男人真是蹬鼻子上脸！

“是吗？”宋凛微笑，“我听好多人说，你和我关系……不一般呢！”

“那是——”周放本想辩解，但想想宋凛的套路够绕地球两圈了，便作罢。

她低头看了看手机的通话记录，发现了好几个早上打来的电话，赶紧一一回过去。她第一个电话便打给了秦清。

电话接通，当听到周放声音的那一刻，秦清就在电话那头发作了：“周放！今晚出来把绝交酒喝一喝！”

周放把手机移开了好远，任她发作完了才说：“怎么了这是？谁又惹姑奶奶你了？”

“你和宋凛搞上了你怎么都不告诉我？你知不知道我今早丢了多大的脸啊！”

周放皱眉：“什么搞上，说得难听死了，就拿错手机而已。”

“那么早，你倒是告诉我你们昨晚干了什么能拿错手机！”

周放心虚地结巴起来：“昨晚一块喝酒了……谈事碰到的……”

秦清不信：“哼！你以为我是三岁小孩？我告诉你，你回家才是真的完蛋了！宋凛今早还接你妈的电话了，你妈高兴死了，早上给我打了好多电话问我宋凛是谁。我看你最近别回家了，估计你妈已经把你的婚礼准备得差不多了……”

“啊！”周放急急挂了电话，忍无可忍地问身边的宋凛，“你早上到底接了我多少电话？”

宋凛认真地回忆：“三四个吧！”

周放气疯了：“你是不是疯了？接到第一个电话知道拿错了后面的就不该接了啊！”

宋凛完全不理会她的歇斯底里，还很是认真地说：“我还回了一条短信。”

“什么短信？”

“也没仔细看，好像是要还钱的。我一看才十万就回了个不用还了。”

“……”周放颤抖着手打开了收件箱，看见一个朋友发来的短信。朋友叫她给账号，说欠款十万下午可以入账。

她再看看本机回复，四个字：不用还了。

周放终于忍无可忍地爆发了："姓宋的！老娘和你拼了！"

因为宋凛这祸害乱接电话，弄得周放现在是有家不能回。本来爸妈就急着把她扫地出门，宋凛一接电话，摆明了就是把新鲜的肉丢进了狼窝。爸妈为了哄她把宋凛带回家，每天好菜好饭地伺候，她一回家，两个老家伙就双眼放光地凑过来。周放就在水深火热之中生活了几天，最后忍无可忍，公司也不去了，先去找房子。

这买房置业也不是容易的事，周放来来回回看了不少，就是没有看上的。

在助理的带领下，周放辗转竟然看到了宋凛居住的小区。这个小区在市里倒是出名，是宋凛涉足房地产业以后投资的第一个项目，不管是安全还是质量都很有口碑，城中不少名人、有钱人在这买了房子。周放有点儿心动，但想到要和那人住一个小区，又觉得挺麻烦。

她正坐在销售中心看着户型图，就见工作人员突然都起身拥向门口。周放抻着脖子看了半天，终于在人群的缝隙里看到了一抹穿西装的身影。

周放突然就有了一种不祥的预感。

她拿着包刚准备起身，那人已经叫住了她。

"周放。"

周放头痛欲裂，半天才回过头去，勉强挤了个笑容，"哎呀，你好啊宋总！"

宋凛走了过来，说出的话是一贯的恬不知耻："要搬家？想和我住近点儿？"

周放翻了个白眼："别想那么多行吗？"

宋凛不理她，自然地伸手环上她的腰："我带你去看吧，看你喜欢哪一套，我给你打折。"

周放原本想拒绝，但也不知道怎么了，鬼使神差地问了一句："按照一般的剧情，你不是应该说'看上哪一套了，我送你'吗？"

宋凛居高临下地看着她，嘴角带着戏谑的笑意："你也觉得我们已经是这种关系了？"

周放突然清醒过来，狠狠地啐了他一口："我呸！"

没有人能随便成功，尤其在这个城市，没有显赫背景的宋凛能有今天的成就绝非偶然。周放不得不承认，在做生意、说服别人这件事上，宋凛还是有两把刷子的。

原本周放出于和宋凛私交，已经不准备在这边置业了，最后也不知道是怎么了，被他巧舌如簧给洗了脑，稀里糊涂地就签了购房合同。

等她回过神来的时候，宋凛已经非常周到地连钥匙都给了她。

她的助理得知此事以后高兴地对她说："周总真厉害，那小区可是精装的，老贵了，您居然这么便宜就拿下了！"

周放心想：我这是拿下什么了？分明是我被拿下了啊！

虽说买房的过程中遇到了些不顺心的事，但总的来说，这房子周放还是挺满意的。房子本就是精装修，再配点儿电器就能拎包入住了。

搬家花了些时间，等周放搬进去已经是小半个月以后了。公司一帮家伙来闹了一回，秦清又带人来闹了一回，喝得烂醉，美其名曰"温居"。

周放事后想想还挺不错的，房子位置不错，环境也清静。虽说和宋凛住在小区，但也不同栋，倒是不尴尬。

周末，周放回得晚了些，助理送她回家的时候已经晚上十一点了。喝了点儿酒，周放觉得脑袋晕晕的。

深夜的月亮寂寞冷清，很适合她这样的孤家寡人。她穿着高跟鞋走路有些不稳，踉踉跄跄的。直到夜里一阵冷风吹来，周放清醒了许多，这才突然发现身后有脚步声。

月黑风高，路灯昏暗，周放不禁想起那些社会新闻。

她回头警惕地看了一眼，原来那骇人的脚步声是来自宋凛那不长眼的东西。

周放这才放下心来，回过头不理他，径自走着，用高傲的后脑勺对着他。

上楼，进电梯，甚至周放都拿钥匙开门了，宋凛还一直跟在她身后，这让周放终于有些不耐烦了。

“你干什么一直跟着我，变态啊？”

宋凛目光温和，见她气恼，对她的出言不逊也不生气，只是早有准备地从口袋里拿起钥匙对她晃了晃，微微一笑：“我没跟着你，我回家。”

周放瞪大了眼睛：“你骗人！你明明不住这栋！上次明明是前面——”

“我在这里留了两套房子，前面一套这边一套。”宋凛笑着摸了摸周放的头顶，那表情和动作跟逗弄宠物似的，“真乖，我带你去过一次你就记得了。”

周放这才知道自己竟然又被耍了，但转念一想，又觉得有些不对。

“你这是什么意思？”周放紧皱着眉头，目光死死地盯着他，“你故意骗我买你对面的房子？”

宋凛不以为意地走向她，那么近的距离，近到能闻到彼此身上的酒气。两人都是从酒桌上下来的，只觉得这味道刺激又熟悉。

他低沉的声音在空空的走廊里回荡，充满了挑逗：“没什么意思，就觉得这样，想见你的时候会比较方便。”

一贯伶牙俐齿的周放在听了这句话后突然失声，半晌才说：“为什么？你看上我了？”

“不行吗？”宋凛的目光毫不避讳，他眯起眼睛笑着说，“偶尔也会想研究一下更年期的女人。”

周放和这男人打嘴仗就没有赢的时候，他就是这么一个刻薄又不怜香惜玉的男人。

算了，好女不和畜生斗，周放懒得再说，闭嘴开门回家。

却不想她刚刚把门打开，一双男人的手就明目张胆地推开了门，然后某个人恬不知耻地进来了。

周放站在玄关处，气呼呼地叉腰指责道："你要不要脸啊？我没有请你进来！"

宋凛神态轻松："作为开发商，我只是想看看房子做得怎么样。"

周放怒目圆睁："看完了吧？看完了出去！"

宋凛盯着她道："没个三年五载应该看不完。"

他话里有话，周放听他这么一说，也不知道怎么回事就心软了。

她明明是要赶他出去的，气势却不是那么强了："赶紧回你家去！上别人家鞋都不换，合着不是你做卫生！"

宋凛知道她已经不是那么坚决地要自己出去了，乖乖起身去玄关换鞋子。

周放见他就跟在自己家一样，坐在沙发上一动不动，也懒得管他，径直去了浴室。累了一天了，比起和宋凛打仗，她更倾向于洗澡。

等洗完澡出来，她见宋凛还没走，随口问道："你怎么还不回家？"

宋凛不回答她，只问："你不准备做点儿消夜？喝了一晚上酒，有点儿饿了。"

周放白了他一眼："我是你妈还是你老婆啊，还要伺候你啊？"

本以为宋凛会像往常一样反驳她，却不想他什么都没说。周放下意识地回头，只看见宋凛正直直地盯着她，眼里竟然有几分伤怀。

周放以为自己看花眼了，赶紧眨了眨眼睛，再睁开眼，宋凛分明就是平常的表情。他一脸戏谑："那就要取决于你想给我当妈还是当老婆了。"

周放不理他，也不搭腔。她知道不管自己说什么都是自取其辱，干脆不说了，转头去拿精油抹头发。

她正抹得专心，背后突然贴上一具火热的身子。宋凛不知道什么时候过来了，就这么紧紧地把她锁在怀里。

宋凛的心怦怦地在她背后跳动着。那样近的距离再加上淡淡的酒气，周放脑海里突然出现了之前那一夜的画面，脸腾地红了。

“你干吗？”

宋凛用下巴蹭了蹭周放的头顶，淡淡地答道：“不知道，就是突然想这么做。”末了他又加了一句，“你也可以推开我。”

周放双手一挣，嗔道：“你也太狡猾了！”

旁的抱怨还没来得及说出口，宋凛的吻已经落了下来。

宋凛把周放的身子转了过来。周放的双手推着他的胸口，他穿着白衬衫和黑色的西装，原本紧扣的纽扣被周放一颗一颗地解开了，她保养得宜的青葱手指覆在宋凛紧实滚烫的胸膛之上。

周放也不知道自己是怎么了，居然做了这样危险的事，但她没有太多时间思考原因，因为宋凛已经发现了她的小动作，高兴地笑着吻了吻她的鼻尖。那姿态像是她做了什么好事，他在奖励她似的。

他突然搂住周放的腰，将她整个人抱了起来。周放下意识地用腿缠住宋凛瘦削的腰，裙裾被卡在大腿根，露出白皙修长的双腿。

他两步走上台阶，准确无误地踢开了主卧的房门。

当周放被放在床上的时候，她才终于意识到，宋凛之所以会这么熟悉地形，完全是因为这里都是他开发的。

她上当了！上当了啊！

周放气恼不过，扣住宋凛的手臂，爬到宋凛身上，但她毕竟嫩得很，要流氓比不过身经百战的宋禽兽，没一会儿就被他制服了……

一切结束的时候，周放还在脑子里计较着方才谁输谁赢，想来想去都没有结果，撇着嘴不想讲话。

她枕着宋凛的手臂，鼻端全是宋凛身上的气味。她觉得这个男人的侵略性太强了，在他面前她不论做什么最后都只有丢盔弃甲的份儿。

她觉得自己太丢人了。

宋凛收了收手臂，将周放拉得更近，逗她：“你这技术也太差了。”

周放没有动，没好气地哼了哼：“废话！我又不是靠这个挣钱的。”

宋凛的胸口抖了抖：“你这长相靠这个挣钱估计会饿死。”

周放生气，想要起身，但宋凛用力抱着，她挣不开，只能强行扭转了方向，背对着他。

她气鼓鼓地半天没说话，过了许久才忍不住问道：“你真的觉得我长得不行？”

周放在他面前真觉得挺挫败的。虽然她不是倾国倾城，但是从小到大在女孩里也算是长得好看的，怎么这男人老说她又老又丑呢？

本以为她都这样了，宋凛好歹会说两句好话，却不想他直接答道：“真的。”

周放气结：“你觉得我长得丑你干吗还这样？你不是说对我不会起反应吗？你这又是在干吗？”

宋凛见她真生气了，一点儿都不着急，手臂向下滑了滑，搂着她柔软的腰身，认真地回答：“大概是我口味比较重吧！”

周放气得头皮发麻，严重受创。不报复回来绝对不是周放的为人，她挣扎着伸手拉开床头柜的抽屉，在里面摸索了半天，最后摸索出一枚硬币，好巧不巧，又是五毛。

她本意也是侮辱他，也不计较数字了，将硬币狠狠地甩在宋凛的胸口，愤懑地说：“这钱也够包夜了，拿了钱好好办事，再多嘴让你滚！”

宋凛没想到她真的玩上瘾了，看着胸口的硬币愣了两秒，随即换了表情，一翻身将周放压在身下。他的声音里还带着情事过后的喑哑，听上去有几分性感，他说：“老板，我会好好服侍你的。”

然后……然后周放就被狠狠地服侍了一顿……

这五毛花得真是……物超所值！

自从认识了宋凛，周放觉得自己遇到各种倒霉事的概率变高了。比如现在，她原本就赶时间，还在路上碰上了碰瓷儿的。

今天一整晚的事情都有点儿诡异。她一个人开着车去参加一个全国一流服装杂志举办的晚宴，杂志社的大老板在时尚界可谓巨头，这样的人物她以前是高攀不上的，这回人家却给她发了帖子。容不得她去考虑为什么，总之装扮整齐就去了，原本不应该她亲自开车的，但陪同的副总孩子突然发烧，她只好临时把人放回去了。

像一条长长的因果链，A 导致了 B，B 导致了 C，而这个倒霉的“C”，正是周放眼下必须面对的结果。

周放身着一件黑色一字领连衣裙，下车下得急，大衣也忘了披。她的高尔夫前面正躺着一个中年男人，正不停地叫唤着。她低头看了一眼自己保险杠的情况，和她刹车时的感觉一模一样，那真是一点儿撞击的痕迹都没有。

明知是被碰瓷儿了，却没时间和人理论，周放回车里拿起钱包，有些不耐烦地对地上的人说：“演上瘾了是不是？我没空和你耗，给你三百，快点儿走！”

周放说着，从钱包里掏出三张纸币。

却不想那中年男人真是个厚脸皮，不依不饶地瞪着眼睛在地上打滚撒泼，嚷嚷着“撞人了、撞人了”。眼看着周围渐渐有人好奇地过来围观，周放不想被围个水泄不通耽误时间，无奈地说：“你倒是起来啊！你想要多少？你不说我怎么知道！”

那男人撑着胳膊坐起来，一脸无赖样儿：“我好像腿折了！你得给我三万！”

“你在抢钱吗？”周放握着钱包，突然不动了，她若有所思地看了一眼男人，漫不经心地说，“你有没有听说过药家鑫的故事？”

那男人瞪着眼看着周放，周放趁热打铁，接着说：“我看你被撞得挺严重的，说不定不只是骨折，可能下半身要瘫痪呢，这后续的费用估计得上百万；干脆弄死得了，也就赔个四五十万，还节省点儿。”说着，她一脸凶狠地就要回车里。

那男人大概是被吓着了，赶紧跳了起来，死死地抓着周放，周放到底是个女人，力气上抵不过他。

那男人满身的灰蹭在周放黑色的裙子上，周放心中大叫不好，却怎么也挣不开他。

就在她不知道怎么脱身的时候，眼前突然出现了一道身影，堪堪挡住了她面前的光亮。

周放的腰被那男人扯着，她狼狈不堪地抬头，正看见宋凛一脸幸灾乐祸的表情欣赏着她的狼狈样。

“怎么这么背！”周放暗自懊恼，怎么总是被他碰到自己这么狼狈的样子。

她白了他一眼：“不要你管。”

她的嘴巴还是一如既往地硬。

宋凛个子高力气大，只轻轻一扭，就把那个男人的手从周放身上“移”开了，他迅速地抓起周放的手，刚要走，就被那男人抓住了脚。

宋凛踹了几脚没有踹开，索性气定神闲地站住了，他从口袋里拿出钱包，周放下意识地瞥了一眼，他的钱包里有厚厚的一沓红色纸币，果然有几分土豪的气质。

宋凛邪邪地一笑，从中抽出一小沓，对正要无赖的男人说：“你想要钱是吗？”

还没等那男人回答，他将那一小沓钱唰地往远处一甩，红色的钞票在空中打着旋儿，那碰瓷的男人急着去捡钱，顾不得去抓宋凛了。

宋凛趁机拉着周放上了车，手疾眼快发动了车子，油门一踩，迅速地离开了现场。

已经走出困境的周放，心还留在那片混乱中。宋凛见她痴痴傻傻的样子，戏谑道：“女人到底还是不如男人，遇上个碰瓷儿的就把你吓成这样了。”

周放慢慢地转过头来，目光如炬地看着宋凛，一字一顿地说：“宋总，以后你想撒钱的时候，能不能直接撒我口袋里？”

没想到周放会这样说，宋凛额头上青筋直跳。

正常情况下，英雄救美，女人不是应该心有余悸地扑到男人怀里吗？这女人的脑子到底是什么做的？

周放平静下来后，和宋凛聊了两句，这才知道两人要去同一场宴会，刚才宋凛下车救了周放，这会儿他的司机正开着车跟在他们后面呢。知道这些，周放倒是高兴的，抓着宋凛的衣服说：“真是缘分啊，我俩又住得近，一会儿我要是喝酒了，你的司机来接你的时候顺便把我带走吧。”

宋凛嫌弃地动了动肩膀，抖掉周放黏上来的手：“放开手，你这个满眼都是钱的女人。”

原本他只是想逗逗周放，想着按照这女人大大咧咧的性格，必然不会放在心上，反倒会揶揄他几句。却不想他这话一说完，周放脸上的笑意突然顿了顿，半晌，只听她语调平淡地说：“我曾经眼里只有爱，后来爱没有了，所以眼里就只剩钱了。钱只会变少，不会真的没了，而爱这个东西，说没有就没有了。”

宋凛是想再说点儿什么的，他略一偏头就看见周放妆容精致的脸上有些忧伤。不知道为什么，那一刻，他许多年都没什么感觉的心突然抽了抽，带着微微的痛感。

此刻的周放像极了很多年前的他，曾经他也以为这个世界上是有爱的，只是穷人没有；后来他变成了有钱人，却发现爱这个东西，富人也没有。

爱是什么呢？活了三十几年，他其实也不明白。

到了宴会现场，周放拿着包冲进了洗手间，这种衣香鬓影的场合，她这一身灰实在太煞风景了。她对着和她同路的宋凛挥了挥包：“你先走吧，别和我一块儿进去。两个没什么关系的人一起进去，更说不清了。”

也不知道是哪句话把宋大爷说得不高兴了，他突然抬了抬头，用鼻孔看着周放，然后冷冷地哼了一声，负着手头也不回地走了。

看着他冷冰冰的背影，周放觉得有点儿莫名其妙。他这是什么意思？难不成还要她挽着他的手进去吗？那画面想想难道不觉得可怕吗？

擦掉身上的灰，周放急匆匆地补了补妆，确定自己状态尚佳，才正式进入晚宴现场。

其实这种场合周放并没有参加过几次，她还只是个低端小土豪，那点儿钱也就奔生活的人看着眼馋，真正的有钱人是完全不屑的。像宋凛那样的人，她以前也只是听说而已。

她挺起胸脯走进了晚宴的会场，现场比她想象中要井然有序，宾客虽然不多，但都是城中举足轻重的人物。也不知道是哪根筋不对，她下意识地在场中搜寻着宋凛的身影。

刚才他那表情好像是她做了什么对不起他的事似的，也不知道是不是生气了，他一贯是个阴阳怪气的人。

但她也确实没说错啊。他们也没有什么关系，他讨厌别人用他的名义做生意，这么一块儿进去，估计更说不清了。

她只是，只是不想再打着他的招牌招摇撞骗惹他厌而已。

周放左右看了看，没有看到宋凛，不知道为什么，心底有点儿淡淡的失落。

这样也好，她本来也是来结识人、开拓业务的。她往前走了两步，正吸着气准备上阵，却不想视线里突然出现了一道有些刺眼的身影。周放怎么也走不动了。

她没想到霍辰东也在这里。

霍辰东还是那样英俊的相貌，清隽的笑容，得体的衣着，站在一群男人里格外显眼。他和宋凛是两种人。宋凛冷冰冰的，对谁都是一副拒人于千里之外的样子，眉眼好看，却充满了凌厉之感；而霍辰东这个人，高冷却不会让人觉得遥不可及。当年在学校，霍辰东非常低调，除了学习几乎不想其他的事，也不和任何女生接触，但是偶尔的一颦一笑，都是让冰川融化的暖度。

也正是这样一个微笑一下都会让周放的心犹如小鹿乱撞的男人，却那么决然地伤害过她。伤害她的人真的很不像是他啊，以至于这么多年过去，周放都不禁怀疑：那些伤人的话真的是他说的吗？当年那令她痛彻心扉的决定真的是他做的吗？

周放想走得更远一些，可霍辰东还是眼尖地看见了她，他喊着她的名字，用一如当年的温柔声音："周放。"

她背过身去，深深地呼吸着，然后转过身来，正对上急急走过来的霍辰东。

"有什么事吗？"又恢复了平常的模样，周放冷冷地问道。

霍辰东脸上的笑容有些僵，他的声音不大，略带几分失落："你一定要用这么陌生的口气和我说话吗？"

周放抿了抿唇，立刻换上一脸谄媚的笑意，热情至诚地说："好久不见啊霍辰东！终于回到祖国的怀抱了！真是难得啊，你这一走多少年！可想死我了啊！"

霍辰东皱着眉头看着周放，嘴唇几次动了动却没说话。良久之后，他才说："之前总是想找你，但是听说你订婚了，我以为，这辈子也许都不用回来了。"

周放微笑："难为您还记得我，但是当年我订婚也没见您的红包啊！"

"周放，"霍辰东定了定，恋恋不舍地看了周放一眼，"我必须承认，这座城市像一座纪念馆，这么多年，我一直不敢回来。"

"那倒是，"周放还是一贯的样子，"我就是遗憾啊！你的遗体不在这儿，纪念馆怕是建不成。"

"如果这样说话能让你消气，我希望你一直说下去。"

周放最后看了他一眼，语气淡淡地说："我没这么闲。"

周放不想再与他扯，看他越久，越会想起从前自己为了他做的那些傻事。

周放无心恋战，会所的水晶灯太过璀璨，让周放觉得眼眶有些疼痛。

她沉默地转过身，耳畔是悠扬的音乐，眼前是灯红酒绿、衣香鬓影。

这场景真美，跟电视剧似的，多么适合与过去告别。

周放想，多亏了有霍辰东，不然怎么证明自己也有过青春？

见周放要走，霍辰东强势地想要拦住她。眼看着他的手就要环住自己，周放下意识地躲开了他的触碰。

周放皱了皱眉头，再见也没有说话，低垂着头就要离开，她一转身，撞上了正在送酒的服务生。

那是一个身材健硕的青年男子，周放撞得有点儿狠，平衡顿失，最后毫无形象地一屁股摔在了地上。

满地都是摔碎的玻璃碴和洒出来的酒液，而她就瘫坐在一片狼藉中。

周放忍无可忍地暗咒了一句，这运气，真是绝了。

服务员一时也乱了阵脚——这种场合来的人都是非富即贵，他不住地道歉，倒让周放有点儿不好意思了。

她强撑着嘴角对服务员笑了笑，示意自己没事。

幸运的是她没有摔在玻璃上，只是裙子都被酒液浸湿了，模样有些狼狈。她小心翼翼地撑着想站起来，却不想地面太滑，脚下滑了一下。

最后是霍辰东将狼狈不堪地摔在地上的周放给抱了起来。

人生有时候就是这样，周放想要给霍辰东一个华丽的背影，最后却给了一个滑稽的背影。

讽刺，老天就是一刻也不给她当女主角的机会。

她身上的裙子都湿了，裙摆还滴着水。霍辰东将西装外套脱下来，想披在周放身上，周放伸手拦住了。

即使狼狈，她也不希望让他觉得他能乘虚而入。

她拧了拧裙摆上的水，抖了抖手，最后撩开了有些凌乱的头发，抬起头，努力笑着对霍辰东说：“秦清说，女人一定要谨慎地爱第一个人，因为那个人会影响她的一生。这话原来是真的。如果你当初信守承诺，我的人生也就不会变成这样了。”

霍辰东的眼中多了几分急切，他拉着周放说：“我弄乱了你的人生，现在由我来还原。”

霍辰东好像一点儿都没变，有一瞬间，周放觉得一切好像都没变，脑海里不禁闪现起过去的种种。

饶是坚强如她，也忍不住心酸。

哪个女人不想和一个男人一爱就是一生？如果每个女人都能和爱上的第一个男人走完一生，那这个世界上又怎么会有那么多因爱不幸的人？

如果当年她没有傻乎乎地不撞南墙不回头，吊死在霍辰东身上，她就不会身心俱伤。如果没有霍辰东，她就不会因为寂寞、因为疗伤接受汪泽洋。不是汪泽洋，她就不会变成今天的样子。

看，她的人生总是由这样的因果链组成，一环一环的，她怎么都解不开。

比起汪泽洋，她对霍辰东更难以释怀。

她甩掉手上的酒液，语气平静地回应了他两个字：“不必。”

随后她挺直了背脊，一步一步地离开了，也一步一步地远离了自己年少时的爱人和纯真的过去。

她想，她做的一切都是正确的。

她不想更恨那个男人了，毕竟一切都已经过去了。

带着满身的疲惫，周放狼狈地离开了会场。

好像魂魄被抽走了一部分，周放觉得脚下有些虚浮，她刚要出去，就见接待处的一位服务人员突然向她跑了过来。

“小姐，小姐请您等一等。”

周放停了一下，手指着自己：“你叫我？”

那个年轻的姑娘跑了过来，她伸手扶正跑得有点儿歪的领结，然后递了一条样式简单的古董项链给她："这个项链也许是您的，做清洁的阿姨在洗手台捡到的。"

周放看了一眼陌生的项链，摇了摇头："不是我的。"

那姑娘赶紧打开了吊坠上的暗扣："那您是不是认识项链的主人？"她指了指吊坠里嵌着的照片，"您看看这里面的人是不是您？"

周放没有走远。高档的会所里，四处都是精致的园林景观，空旷的外围立着几座周放叫不出名字的雕塑。

溶溶月光下，冷风习习，将周放脑中的浑噩全数驱赶出去。

周放坐在花坛上，良久，才颤抖着双手打开了那个吊坠。

里面嵌着一张照片，具体来说是一张合影，是她和霍辰东一起去厦门的时候，在海边拍的。

两人头挨着头，那样亲密。

好像在观赏电影的片段一样，她听见自己有些稚气的声音，看见自己瞪大着眼睛问霍辰东："你说我们俩结婚的话，哪天合适？"

霍辰东蹙着好看的眉眼，苦恼地说："清明节吧，以后上坟的时候过纪念日，反正心情差不多。"

她气呼呼地追着霍辰东满沙滩跑，跑累了，要赖瘫在沙滩上不起来，最后是霍辰东将她背起来，他说："随便哪天结婚都行，只要能把你娶回家就好了。"

那时候，他曾说过那样的话，仿佛她是全天下最珍贵的宝贝，感动得她眼泪直掉。

可是也是同样一个人，用同样一张脸对她说："周放，你能不能不要闹了？我又不是不回来了，你能不能体谅我？"

"留学难道是死到外面了吗？有那么容易就变心吗？不能见面不是还有

手机、电脑吗？”

“如果你连几年都熬不住，那我们就分开吧，这样不坚定的爱情没有维持下去的必要，你不信任我，我也很累。”

也许当年霍辰东确实没错，他为了有更好的前程而出国深造，作为女朋友的她不仅不支持，还一个劲儿地拖后腿。

他不懂她的“没有安全感”，他只觉得她“黏人”“不独立”“无理取闹”。周放想，这才是她真正的可悲之处——她用心爱过的男人，从头到尾根本不懂她，仿佛她付出的一切都不值得。

合上了吊坠，周放茫然地起身，也不知道自己要去哪里，只是麻木地向外走了几步。

没走多远，她就被人挡住了去路。来人是一贯气定神闲的宋凛，此时此刻，他的气息有些紊乱。

抬起头看着宋凛表情肃然的脸孔，不知道为什么，周放第一次感受到了这张脸的亲切，那暖意像毒品一样，引诱着周放向前。

“你能陪我一下吗？”周放对宋凛说。

她开始在皮包里找钱，宋凛这样的男人不是她召之即来挥之即去的，她知道。

可是她找了许久都没有找到钱，她的钱包放在车里了，这让她好难过。不知道是怎么了，她竟然难过得眼泪唰唰地往下掉，大颗大颗地掉在她的手背上。

“怎么办？”周放无助地问宋凛，“我没有带钱……”

她的眼神委屈极了，看着宋凛，宋凛只觉心揪在了一起。

“这次免费。”

宋凛一颗一颗地解开了风衣的纽扣，手臂一伸，将周放揽进怀里。他展开风衣，把她整个罩在衣服里。

周放缩在宋凛的衣服里，肩膀轻轻地抖着。

宋凛知道她在哭，即便没有一点儿声音。

他紧紧地抱着周放的肩背，像安抚孩子一样。

他说："别哭，再哭就不漂亮了。"

几年前霍辰东走的时候，周放觉得世界都塌了。秦清带着一众室友陪她在 KTV 彻夜唱歌，说好是陪她买醉的，却不想其余几个全喝倒了，唯有她这个正主从头唱到尾，一遍一遍地唱王菲的《催眠》。

"第一次吻别人的嘴，第一次生病了要喝药水；太阳上山，太阳下山，冰淇淋流泪。"

因为是第一次，所以比什么都疼，不能忍耐也不能忘却。

也正是这个原因，周放可以对汪泽洋释怀，却始终无法对霍辰东释怀。

宋凛的怀抱很温暖，周放紧紧地靠着他，天真地想着：如果多年前，在她最伤心的时候遇到的是宋凛而不是汪泽洋……一切是不是会不一样？

原来相见恨晚，就是用在这样的心境下。

如果早些遇见，在他们都没有变得千疮百孔之前，该有多好？

有些人从来都不是温柔的人，可是一温柔起来完全不是人。

周放觉得自己好像掉进了温柔乡里，稀里糊涂地被宋凛带回了家。她被宋凛轻柔地放到床上，宋凛见她没什么反应，轻手轻脚地拿着衣服准备去洗澡，临走还体贴地给她盖了床毯子。

宋凛走后，周放才慢慢地睁开了眼睛。她直直地盯着天花板，也不知道自己脑子里到底在想什么，也许从头到尾都是一片空白。

宋凛进房的时候身上只围着一条浴巾，他用余光瞟了一眼周放，见她情绪已经平复，人也醒着，便随口问道：“今天是谁把你弄成这样的？”

周放眼睛眨了眨，脑子里清明了一些，用调笑的口吻问：“怎么？你要替我报仇吗？”说着，她妩媚地看了宋凛一眼。

宋凛轻轻挑眉，微笑着与周放对视，眼神里充满了戏谑：“不是，我只是单纯地觉得他做得很好。”

周放被泼了冷水，猛地坐了起来，也顾不得乱糟糟的头发，只是死死地盯着宋凛：“你这意思是，你也想让我哭吗？”

宋凛正在开柜子的手顿了顿，他背对着周放，周放看不清他的表情，只听见他用低沉的声音淡淡地说：“如果有一天，我能轻易地让你哭了，那么那时候我一定是最不想让你哭的人。”

第四章
山不就我

好似平静多年的火山突然迸射出炽热的岩浆，又似一直不沸腾的水突然满溢了出来，一股滚烫而浓烈的感觉在周放胸腔蔓延。周放下意识地伸手按在胸前，仿佛只有这样才能阻止那颗不听话的心脏跳出胸腔。

半晌，两人都沉默着不说话，直到周放率先打破沉默。她轻叹了一口气，慢慢地说着："我们都是不会轻易交出心的人，这种行为太危险了。"

无须解释，更无须再说什么，他们能懂彼此。

相似的人是可怕的，默契，却也悲凉。

他们不会远离，也不会深爱。

宋凛没有回应周放，过了几秒，他回过头来问周放："今天为什么要到那种场合去？那儿并不适合你。"

周放见他面无表情，似乎完全没有把她的话放在心上的模样，觉得有些苦闷，说话的语气也变得有些刻薄："凭什么不适合我？"

进入刻薄模式的周放，正常人是无法与她沟通的。她长着一张利嘴，说不过、打不得，了解她的人都知道这个时候不和她说话是最正确的选择。

宋凛和她还不熟，可是他很聪明，懂得审时度势，他选择不搭腔。

周放见宋凛不理她，伸手想拉他，却不想一下子扯到了他腰上的浴巾。倏地，宋凛不着寸缕地站在周放面前，这场面连周放这种“老流氓”都忍不住脸红，偏偏宋凛跟没事人一样。

此时此刻，宋凛站着，周放半坐在床上，这个角度周放把宋凛看得清清楚楚。

看见周放的表情，宋凛笑她：“你都是身经百战的人了，还会发呆？看来我比较特别？”他继而露出一脸自恋的笑容。

周放看不得宋凛露出得意的表情，睨了他一眼，随后站了起来，拍了拍宋凛肌肉紧实的臀部，用非常同情的眼神说道：“你这是身残志坚啊。”

周放无心和他多纠缠，准备拿包回家。

却不想她刚走出两步就被宋凛一拉一提扔在了床上。她一早就明白宋凛这样的男人不能挑衅。

这一切在她的预料之中，结局不算坏。

他压向她的时候眼中闪着嗜血的狼光，动作迅速而果敢，充分展示着雄性动物体能上的优势。

周放眼中的宋凛热情而沉默，运筹帷幄也小心翼翼，自信却又十分迷茫。周放无法分辨哪一面才是真正的他，也许现在这样才是。

她不知道自己现在对这个与她有着亲密关系的男人到底是什么感觉。

她怕自己会爱上他，这是一场成年人的游戏，爱上他自己就输了，她不喜欢输。

事后，周放躺在床上百无聊赖地玩手指，宋凛见她肩膀裸露在外，用毯子给她盖了盖。

周放孩子气地说："别给我盖，这样比较好看，电影里女主角都是这个样子。"

宋凛笑她："我怕你风湿犯了，多大年纪了还当自己是小女孩？"

周放眯着眼睛笑得很开朗："你不知道有钱人都没有年纪问题吗？"

宋凛想了一会儿，很认真地说："嗯，怪不得晚宴上你会摔得四仰八叉，充满了奢华的贵族气息。"

周放想到宋凛的及时出现，又想到他出现时的神情，有些意外："你担心我？所以跟出来了？"

宋凛右边的眉毛动了动："我吃多了？"

周放白了他一眼："和你无法沟通。"

"我们不需要用语言沟通，身体沟通就行了。"

"也是，您日理万机，不能和您比。"

宋凛坏笑着看了她一眼。

周放瞪了他一眼，他的脸离她很近很近，那是很亲昵也很危险的距离，周放那一刻有些心神恍惚。

"宋凛，"她喊着他的名字，突然很认真地问道，"要不我们做情侣吧？"

宋凛笑道："你看我们俩般配吗？"

周放说："你确实配不上我。"

宋凛眯着眼看着周放，嘴角勾起一丝笑意："我只和女人做情人。"

"好吧……"周放想了想，说，"那包你要多少钱？"

宋凛轻笑一声："你包得起？"

周放被他这一句反问问得有些恼火，气呼呼地说："你是不是太看得起你自己了？像你这样步入中年的男人外面一抓一大把。"

周放如此不屑地形容宋凛，宋凛却丝毫不生气，只是伸手很自然地把周放揽进怀里，用他那一贯从容淡定的语气说："你去抓一把给我看看。"

年近三十，周放不再是过去的小女孩心态了，不会反复咀嚼男人的话，也不会去计较名分。离开汪泽洋以后她才明白，订婚、结婚，甚至法律，都无法保障爱情。

两个人中只要一个人变了，感情的离去十匹马都拉不回。

她不会傻到问宋凛把她当什么，就像她自己也不明白她把宋凛当什么一样。

对现在的周放而言，公司和钱给她的安全感要比爱情多得多。

作为公司的老板，周放是没有个人假期的，事事亲力亲为已经成为周放的标签。最近周放忙得脚不沾地，好不容易有天下午三点多可以下班，就被表姐一个电话震晕了。

表姐和表姐夫分分合合多年，最近又爱火重燃，两人相约去了黄金海岸，留下正读高一的女儿一个人在家。这夫妻俩是周放长这么大见过的最不靠谱的人，可是血缘没办法割断，表姐一个电话，周放还是得做牛做马。

下班后，周放开车去了城中那所贵得离谱又远得出奇的全封闭式寄宿制私立贵族高中。周放还没到学校就在下高速的路口堵车了，这段路现在就跟豪车俱乐部的停车场似的，堵着一溜的好车，周放的高尔夫排在里面略显寒碜。

好不容易开到了校门口，周放已经有些晕了。有几辆车停在路口，严重堵塞了交通，周放一边在心里暗骂表姐，一边寻找着外甥女的身影。

不知道是缘分还是巧合，外甥女没找着，却让周放碰见了另一个人——宋凛。

此刻的宋凛和她见过的任何时候的宋凛都不一样，没有风度、不潇洒，他只是一个普通的父亲。

抓到女儿在校门口和男孩子搂搂抱抱，宋凛脸色铁青地把男孩子吓跑了，此时此刻，他要爆发。

周放曾见过宋凛女儿的照片，所以一眼就认了出来。

小姑娘长得非常漂亮，但也非常叛逆。她的耳朵上打满了耳洞，花花绿绿地戴着一耳朵的东西，发尾染成了绿色，真够标新立异的。

周放站正在原地犹豫着要不要上前打招呼，就听见宋凛用努力克制过的震怒声音说："宋以欣，你像什么样子？你才几岁？学别人乱搞什么？"

宋凛的女儿非常不耐烦地嗤了一声，转身就要走。宋凛气极了，拉住女儿，手高高地扬了起来，那姿态看着不对劲，周放怕他会动手，赶紧冲了上去。

"宋凛！"周放护着女孩，对宋凛说，"有话好好说。"

宋凛神色复杂地看了周放一眼，周放有些不明所以。

"你让开。"宋凛冷冷地说。

"这里人多，孩子也大了。"周放眉头皱了皱。

周放想去拉一把那个女孩，却不想女孩毫不领情地甩开了周放的手，她用一脸怨恨的表情瞪着周放和宋凛，高声说："你怎么好意思说我？你不是也在十几岁的时候就当爹了？我只是谈个恋爱，比你可差远了。"她不屑地打量着周放，说道，"这是你的新宠啊？啧啧，你这换女朋友的速度比我换衣服还勤！"

眼瞅着那孩子说话越来越难听，宋凛终于爆发了。他两步过去就要动手，却不想小女孩完全不怕，挺着腰仰着脸无畏地说："你打我，你打吧，我知道你讨厌我。我奶奶不是老说嘛，我是我妈偷人生的，根本不是你们宋家的人。我是野种，你打我不是很正常吗？！"

啪！宋凛一巴掌甩了过去。

那小女孩看着胆挺大，结果宋凛真打过来她却忍不住闭着眼往后退了一步。

而周放也不知道是哪根筋不对，居然上前给女孩挡着，生生地受了宋凛盛怒下的一巴掌。

宋凛大概也没想到周放会突然过来挡着，脸上的表情十分复杂。

忍着左脸颊和下巴的疼痛，周放看着宋凛说“带孩子回去吧，要管回家管，不要动不动就动手。”

站在高中生家长的人群里，不管是宋凛还是周放都显得太过年轻，这画面怎么看怎么奇怪。

三人正僵着，宋凛的秘书急忙挤了过来，凑到宋凛耳边说了几句，宋凛脸色凝重起来。

他一把抓起女儿的书包，冷冷地说：“跟我回家。”

宋凛的女儿大概是被他那一巴掌镇住了，也不敢再说什么，只是噘着嘴跟在他的身后。

宋凛也没有和周放打招呼，头也不回地走了。

他们走后，宋凛的秘书笑眯眯地对周放说：“周总，您没事吧？我送您回去好吗？”

周放刚准备说“不用”，就听秘书说：“周总下次想找宋总到公司或者家里就好，这边太远，还是别来了吧。”

周放觉着他的话有些不对劲，正准备问一句，外甥女就从校门口冲了出来。

宋凛的秘书看到周放的外甥女，愣了一会儿，随即又恢复了笑容。

宋凛的秘书开着周放的车。小外甥女是校排球队的，刚打完比赛，一上车就睡着了。剩下两个不熟的人彼此都不说话，车厢里的气氛显得有些尴尬。

宋凛的秘书率先打破了沉默：“周总的外甥女真乖。”

周放抿唇笑了笑：“也淘，在家里是小霸王，男孩子似的。”

“这个年纪都这样。”

周放想了想，说：“你们宋总也挺不容易的，女儿正在叛逆期。这个年龄的孩子对大人的世界很好奇，想谈恋爱是正常的，你和宋总说说——”

不等周放说完，秘书微笑着打断了她：“周总，”他低声而严肃地说，“有些事我劝你不要管也不要问。你若真想在宋总身边待久一点儿，就别碰他的女儿，那是他的命。”

不得不说，原本为宋凛设身处地想了很多的周放，被宋凛的秘书一句话打回了原形，她不知道该接什么，好像说什么都很跌份儿。

她不知道为什么会不自觉地为那个男人想那么多。他有那么多公司，身家少说也有九位数，别说他现在单身，只有一个女儿，就算他有老婆，也会有女人“前赴后继”地扑上去。

她周放又算什么呢?

在宋凛秘书的眼里，恐怕她和那些“前赴后继”的女人没有任何区别吧。

这么想着,周放觉得胸口有些闷,她第一次感到自己的车空间确实有些小,竟让她有几分喘不过气来的感觉。

回到市区，在周放的强烈要求下，宋凛的秘书送到即止。她只不过被误伤了一巴掌，秘书的服务实在太过“周到”，令她无所适从。她独自带外甥女去吃了晚饭。整个晚上周放都有些心不在焉，好在外甥女正处在青春热血期，也不在乎周放是不是热情，话匣子一开，一个人就能讲很久。

正值青春的人有可怕的激情，学校里那些千篇一律的事也能讲得津津有味。怪不得宋凛一直喜欢年轻的女孩，和她们一比，周放觉得自己像快要腐朽的木头。

周放把外甥女送回家，宋凛秘书说的那些话仍旧不断地在她的耳边回荡。

周放越想越觉得自己丢脸，秘书那态度摆明把她当成以往的那种女人了。

她忍不住自嘲起来，都这把年纪了，还分不清是认真还是一时的激情，还在奢望着找到真爱。

宋凛那样的男人，是她能降得住的吗？

车载广播里播着悲伤的情歌，周放沉默地开着车回家。

马路像一条河，漂泊着没有归途的“花船”。

周放脑子有些空，正不知在胡思乱想什么的时候，表姐的电话又打来了。

外甥女安全回家了，表姐自然要表示感谢，感谢之余还不忘在电话里秀恩爱，把两人的通话发展成一段三人直播。

周放以往总会笑骂表姐没人性，此刻却没什么心情。

她有些低落地问表姐：“姐，上次你不是说要给我介绍个人吗？后来怎么没信儿了？”

表姐大概没想到一贯叛逆不羁爱自由的周放居然会主动询问相亲的事，愣了一下才解释说：“我后来问了问，条件确实不错，就是离婚以后孩子判给了他，那孩子都6岁了，记事了，你嫁过去得当后妈。”

周放听了这些，语气很平静：“没事。”

“啊？”这下轮到表姐惊讶了，她仿佛不敢相信，说话都有些结巴了，“你……你这是受什么刺激了？转性了？知道结婚的好处了？”

“嗯。”

周放想，15岁的孩子她都能接受，6岁又算什么？就是不知道她的这份接受到底是针对孩子，还是针对孩子他爸。

表姐见周放的语气像是认真的，立刻喜笑颜开，积极起来：“那等我回国了，给你们安排安排吧。”

“好。”与表姐的欢欣雀跃相比，周放显得太过平静。

挂断电话，周放觉得心里有点儿堵。

到家的时间已经很晚了，周放换好鞋进了家门才觉得这房子好像买得有点儿大。

作为老板，这房子气派归气派，但对一个单身女人来说着实太过空荡，这破地儿连呼吸都好像有回音似的，感觉糟透了。

随手把包丢在沙发上，周放准备回房先躺会儿。

刚一进房间，周放就看见那个睡在她床上的熟悉身影。

周放停住脚步，然后轻轻地往后退了一步，不再上前。她双手环着胸，语气前所未有地冷："你怎么会有我家的钥匙？"周放问完才觉得多余，宋凛是谁？

"作为开发商，这么随便到业主家里，合适吗？"周放撇了撇嘴，"逼我搬家？"

宋凛没有动，两人的视线紧张地对峙着。周放始终没有移开视线，她想，宋凛的眼神大约有毒，那样盯着她，让她的气势弱了许多。

"周放，你过来。"

他们认识这么久,这是他一次认真地喊她的名字,温柔得让周放无法拒绝。

周放没有说话，屏着呼吸走了过去，宋凛坐在床沿上，手一伸就勾住了周放的脖子，她不自觉地被他拉近。

宋凛的手指温柔地摩挲着周放的脸颊，低声问："打疼了吗？"

周放觉得好像有一颗陨石突然从天而降，将她多年铸就的堡垒砸了个粉碎。

想起今天发生的一切，想起一路上的一切，周放眼眶红了。

宋凛沉默地捧着周放的下巴，轻轻地吻在她的眼皮上。

他的声音略显沙哑，却带着可以溺毙她的温柔。

他在她的耳畔说："下手太重了，对不起。"

周放如同触电一样骤然推开了他，她狼狈地后退了两步，不敢与他接近。

今天宋凛秘书的那一席话，确实一语点醒梦中人。

他们不该是这样的关系，她更不该这么放纵自己。

“我们以后不要见面了。”周放努力让自己的声音显得更加冰冷，她的视线落在梳妆台上，那上面堆满了周放武装自己的“易容”工具。她不再年轻了，眼角开始有了细纹，那都是会让她恐慌的痕迹。每天累得要死要活，她可以忘记吃饭，却不会忘记在自己的皮肤上抹上那些昂贵的护肤品。

她已经过了为爱要死要活的年纪，如今的她，可以失去事业、失去爱人，却不能失去自我。

“女人的心和身体是在一起的，”周放说，“你再这样对我，我可能会控制不住自己。”

房间里一片死寂，那种沉默让两个人都有充分的时间去思考。

周放背靠着墙，始终不看宋凛：“你走吧。”

周放等了许久，最后终于听到了宋凛起身的声音。

“好。”

宋凛还是一如既往地杀伐果决，回应得不带一丝犹豫。

好像只有周放一个人在失落。

原来她对他来说也没有多特别，他们的关系只是成年人之间的各取所需。

宋凛是有钱人，在本城到处都有房子。那天之后，周放就再也没有遇见过他。

这样也好，彼此都不会尴尬，也给了她足够的时间去恢复。在这点上，宋凛确实是个体贴的男人。

《衣见钟情》新一季要播的节目开始前期筹备了，公司负责人和设计师会先和节目组进行对接，周放和节目组的刘导约的是周四下午见面。

自从进了这个节目组，周放不是第一次到电视台的广播大楼来了，女主持人苏一她却是第一次见到。

苏一算是本市新晋的主持花旦，周放平时不太看电视，对苏一的了解大多来自秦清的八卦。

想起上次秦清说起宋凛和苏一的那点儿花边新闻，周放忍不住一直偷偷地打量她。

苏一身穿一条白色的连衣裙，梳着端庄的发型，最令周放意外的是她发髻上别着的两朵栀子花。

怪不得周放一直闻到淡淡的清香，那种自然的味道比香水好闻太多。

比起周放脸上的标配妆容，苏一只是稍稍打了个粉底，描了描眉，举手投足都带着淡雅的气质，把旁人都衬得仿佛庸脂俗粉，尽是尴尬。

周放一贯自认还算漂亮，在这等人物面前还是不免有些自惭形秽。

会开了许久才结束，等到散会了，周放才想起整理资料。

助理去上厕所了，整个会议室里只剩下苏一和周放，气氛不觉有些尴尬。

周放拿好自己的包,礼貌地对苏一说:“苏主持,今天谢谢了,那我先走了。”

苏一仍在笔记本上写着字，见周放要离开，她才稍稍抬起头来。

“周小姐，我见过你。”她淡淡地说道。

“嗯？”周放被她这句话说得有些错愕。

她们见过？周放怎么一点儿印象都没有？

苏一始终面带微笑：“有一次酒会，你从会所出来的时候，我正好刚到。当时你好像喝醉了，宋凛抱你上车的。”

提及宋凛的名字，两人都沉默了一阵。

周放的眉头皱了皱,她不知道这个女人的用意,即便苏一一直在对她笑着。

“我和他不是那种关系。”周放解释道，“那天我真的是喝醉了，他只是顺手帮帮我。”

对于周放的解释，苏一只是挥了挥手，眼睛里没有任何波澜。她说：“我和他早就结束了，现在也不是你想的那种关系。”

苏一合上了笔记本，拢了拢额边的碎发，同周放一起走出会议室。

两人的高跟鞋踏在光洁的地板上，发出嗒嗒的声音，总算不再是干巴巴的死寂，这让两人各自的防备之心减少了很多。

“你今天一直在看我，你心里在想什么，我知道。”苏一目不斜视，自带几分气场。

周放没想到自己的小动作被人家尽收眼底，有点儿尴尬，赶紧解释：“我只是听说他为你投资了这个节目，有些好奇……”

“呵，一个商人会为一个女人做无利可图的事吗？”苏一笑了笑，“少信八卦，不可靠。这个节目光赞助费就三千多万元，你觉得呢？”

苏一顿了顿脚步，转过头来。她认真地看着周放，眼中似乎带着几分绝望、几分不甘，却又转瞬即逝。

“周小姐，宋凛这个男人，一般的女人爱不起的，别傻了。”

周放看着苏一渐渐走远的身影，脑中有些混乱。

苏一的话让周放在之后的好几天都有些心绪不宁。

她不得不承认，对那个男人，她动心了。而更让她不得不承认的是，她就是苏一说的那种一般的女人。

为了不再为宋凛的事烦恼，周放决定从“头”开始。她趁周末去做了个新发型，听了发型师的话，弄了个 LOB（长波波头），传说是这两年最流行的“睡不醒头”。周放的发型弄完以后把秦清笑得够呛：“满街都是这个发型，流水线似的，没想到你也去‘批量生产’了。”

周放不理会秦清的嘲笑，揽镜自照，自觉利落好看，于是换了身衣裳，顶着新发型去相亲了。

表姐人还没从黄金海岸回来，已经火急火燎地安排了那个“不错的男人”和周放相亲，大约是怕她哪天清醒了变卦。

比起老妈介绍的那些不靠谱的人，表姐介绍的这个男人确实可称优质，至少不让周放反感。

他三十几岁的年纪，事业已经趋于稳定，有过一段婚姻，做人做事相较于毛头小子都更为稳重。他尊重女性，在定时间之前充分征求了周放的意见，确保不影响她的工作，订的餐厅也还算有品位，够安静，菜品也不错。

有几个菜是周放的心头好，可见男人之前向表姐打听过周放的喜好，这份用心让周放吃完了一整碗饭。

男人是带着儿子来相亲的，这是一个冒险又聪明的做法——一见面就把所有的问题、矛盾都摆上台面，让彼此在一个平等的情况下进行选择。

这个男人教养极好，说话轻言细语，很有耐心。他把儿子也教育得非常乖，孩子偶尔充满童稚的几句话都让周放开怀大笑。

就是饭吃了近一个小时了，周放始终没有记住对方到底叫什么名字。

餐厅的经理谄媚地领着一个熟悉的人从他们的包间门口走过。周放循声抬头，两人从雕花镂空的空隙里对视了一眼，周放因那人锐利的目光败下阵来。

晚餐在愉快的气氛中结束，跟这么多人相亲，这个男人是第一个让周放觉得没有浪费时间的。

可周放也说不上为什么，始终觉得少了一点儿感觉。

他们离开餐厅前，男人带着儿子去了洗手间，周放在停车场等他们。

等待的时间百无聊赖，周放拿出手机，回复了助理的电话，然后就开始刷新闻。天气有些闷，空气中积蓄着水汽，离周放不远的地方挂着一个空调外机，正轰隆隆地响着，让她忍不住有些烦躁。

不知是外机声音太大，还是宋凛脚步太轻，等周放反应过来的时候，宋凛已经站在她身边了。

两人就那么直挺挺地站着，大约隔着两个人的距离。周放抬眼看着他，他也正侧着脸看着她。

“怎么把头发剪成这样？”宋凛问。

周放没想到宋凛会关注她的发型，有点儿不自然地捋了捋发梢：“因为这个发型比较好看。”

“谁说的？”

“发型师。”

“女人和男人的眼光就是不一样。”

周放气恼地说道：“我的发型师是男的！”

宋凛面不改色地道：“那说明男人的话不可信。”

周放被他噎得够呛，拒绝再和他说话。

宋凛却不气馁，他始终直勾勾地看着周放，脸上带着几分戏谑：“那个男人太好了，和你很不般配。”

周放不知道他为什么会突然冒出这么一句话来评价她的相亲对象，但他的话确实把周放惹到了。本来周放烦躁的情绪就亟待发泄，他这不是送上门吗？她抿了抿唇，眯着眼微笑着问他：“那宋总觉得，我配什么样的？”

宋凛想了想，一字一顿地道：“坏人自有坏人磨。”

周放看了一眼时间，收起了手机，宋凛的“多管闲事”让她有些意外：“你怎么突然这么注意我了？怎么，想金屋藏娇？”

宋凛丝毫不躲避周放探寻的目光，眼睛一眨不眨地盯着她，坦荡地反问：“要是我想呢？”

必须承认的是，那一瞬间周放感觉到一种难以自控的悸动。

可她还没有不清醒到以为宋凛爱上了她，她不自然地将视线瞥向远处，淡淡地说着：“我只是个普通的女人，和一个男人在一起久了也会有非分之想。”她顿了顿，说，“比如，爱上他。”

宋凛听了这句话，忍不住笑了起来，他直勾勾地盯着周放，目光似剑，仿佛要把她刺穿。

“我没有看错，你确实是个聪明的女人，知道说什么话能让我知难而退。”宋凛收起了嘴角的弧度，语气凉薄，“我最怕被女人爱上，因为我已经不会爱上任何人了。”

看着宋凛潇洒离开的背影，周放有一瞬间感觉到了失落。

她并没有他想象的那么聪明，她只是胆小而卑微地说出了自己的心里话。

她怕爱上他，他怕被她爱上。

多可笑。

又是周五，周放受表姐夫妇的拜托，又抽了半天时间去给外甥女开家长会。

真是要命，既没结婚也没有孩子，却要三天两头地往学校跑，周放也是操碎了心。

其实周放早该想到的，既然外甥女和宋以欣同龄又同校，那就极有可能是同班同学。

周放和宋凛在家长会上见面，这画面实在有些诡异，混杂在一群 15 岁孩子的家长里，两人都显得有些过于年轻了。

两人工作都忙，又去得最晚，理所当然地坐在了一起，窝在教室最后的角落里。

讲台上老师在讲什么，周放一句都没有听进去。不是自己的孩子，周放实在没有那么多责任心，她的心神全落在坐在她右首边、身姿挺拔的男人身上。

宋凛的头发一丝不苟地梳在脑后，他目不斜视地看着前方，嘴角带着微微的弧度，右边眉毛比左边眉毛高，看起来有几分雅痞的气质，让周放想起了那部让她熬着夜看完的电影——《风月俏佳人》。这个男人实在太像爱德华，既绅士又痞，能轻易让女人心动，也能瞬间让女人心死。他身上穿着灰色的西装，下午的阳光照在他的身上，周放第一次觉得，这个男人离她很远很远。

垂了垂眼帘，周放感受到一丝自己都有点儿难以理解的失落。

“听说节目下周就要开始录了？”

不知道老师讲了什么，周围的家长纷纷开始交头接耳。周放怔愣了一会儿，再三确定不是听错，才有些错愕地转过头看向身边的人。

周放整理好心情，不卑不亢地问：“有什么问题吗？”

“为什么一定要去凑热闹？”宋凛转过头来看着周放，眼中带着几分关心，“你去了也只是陪跑的，这次的女明星是余婕，出了名地难搞。你的竞争对手歌婕思是她姐姐的公司，她不可能让你赢了她姐姐，你想要的广告效应达不到的。”

也许宋凛确实是出于好心，可他那副洞悉一切、高高在上的姿态还是让周放感觉很不爽。

周放攥了攥拳头，郑重其事地说：“我要么不参加，要是参加了，就一定要赢。”

宋凛没想到周放这么执拗，愣了一下，随即勾了勾嘴角，眼神中分明是不相信，嘴上却说着：“我拭目以待。”

周放受不了宋凛这副瞧不起人的态度，趁教室里还有家长们讨论的声音，她起身要重新找个座位。可是她刚一起身，就又被宋凛扯了回来。

他骨节分明的大手扣住她的手，先是虚握试探，见周放没有反抗，继而穿过她的指缝，转成十指紧扣。周放意识到这动作很不合适，想要挣脱，却被他扣得死死的。

周放不明白宋凛的用意，疑惑地抬起头看着他，只见他嘴角勾起一抹若有似无的笑意。宋凛无视她的反抗和不爽，一贯没什么情绪的他，眼中流露出几分温柔。

“一个女人，不要这么倔。”

这种撩人的姿态分明就是故意的，周放又怎么会不懂？

她没有再挣扎，她越激烈反抗，他越觉得有趣。

周放嘴角上扬，眼中带着几分揶揄之意：“你到底对多少女人说过这种话？”周放嫌弃地看着眼前的男人，越想越觉得讽刺，说道，“张爱玲说，到达女人心里的路要通过阴道，想必你已经到过很多女人的心里了。”

面对周放的揶揄，宋凛也不生气，只是面不改色地回应：“那到你心里的路上，是不是已经人满为患？”

宋凛的反应很快，这点周放领悟得很透彻，和他打嘴仗无异于自取其辱，她自然不会傻到继续说下去。

周放冷冷地瞥了他一眼，懒得再和他说下去，恨恨地拍了一下他的手背。

那一下发出的声音让整个教室的人都闻声回头。

周放没想到这一下会引起这么大的动静，脸唰地红了，她低垂着眼眉，视线正落在宋凛发红的手背上。

“蚊子。”

面对大家探寻的目光，宋凛如此大言不惭，周放的头只得埋得更低。

不过是一点儿小骚动，很快就过去了，家长们又继续讨论了。

嘈杂的声音里，周放又听见了宋凛的声音：“退出节目吧。”

周放白了他一眼，压低了声音说：“想得美。”

宋凛意味深长地看着她，好似习惯了她的叛逆，语气中竟带着几分愉悦：“上节目有什么好？抛头露面的，女人啊，还是宜室宜家的好。”

周放有些女权主义，最讨厌“男主外女主内”的老思想，对宋凛的论调从骨子里感到不屑："你以为你是谁？我凭什么听你的？"

宋凛笑着道："父系社会，女人听男人的话，天经地义。"

家长会结束后，学校大门口人头攒动，挤满了孩子、家长和一步一停的车。

马路对面明明有收费停车场，有些家长还是把车违章停在校门口，只为省五分钟的时间。看着眼前混乱的场面，周放不禁感慨，素质这东西并不是人有钱了就跟着有的。

周放替外甥女背着书包，外甥女自己背着运动装备，马尾扎得高高的，一蹦一跳的，充满了少女的活力。周放看着她，只觉眼前是一片明媚的阳光，之前被宋凛搅坏的心情也变好了一些。

俗话说，不是冤家不聚头，周放倒是没注意自己的车和宋凛的车停在了一起。

宋凛个子高显眼，黑着脸拎着女儿的衣领，出现在周放的视线范围内。他看到周放的那一刻大约也有些意外，愣了几秒，然后冷冷地瞧了她一眼，什么也没说就自她身边走过，引得她注目许久。

外甥女见宋凛父女走远了，才鬼头鬼脑地凑近周放，压低了声音问："表姨，你认识宋以欣的爸爸啊？"

周放倒是没想到现在的孩子竟然这么会察言观色，她仔细回忆，确定自己真的一句话都没多说，这孩子竟然仅凭几个眼神就看出了端倪。

她和那个"直男癌"算认识吗？周放眼皮跳了跳，四两拨千斤地回复了外甥女："不太熟。"

他们不过是一起睡过几次觉。

外甥女一听周放这么回答，如释重负，孩子毕竟是孩子，好恶都写在脸上，只见她撇了撇嘴说："我不喜欢宋以欣。"

"为什么？"周放有些意外。

“她是坏女孩。”外甥女掰着手指数着宋以欣的罪状，“她谈恋爱、抽烟、喝酒、泡吧，反正就是尽做一些大人才能做的事。”

“这样就是坏女孩吗？”周放若有所思。

“当然啦！”外甥女还在说着，“听说宋以欣没有妈妈，她爸爸也不怎么管她，不知道是不是单亲家庭的小孩都是这样。”外甥女突然轻叹了一口气，一副少年老成的样子，“幸好我爸妈没有离婚，不然我就和宋以欣一样没人管了。”

周放看着外甥女突生感慨的样子，不觉也跟着有些感慨。孩子就像一面镜子，把家庭的情况映射得清清楚楚，残缺的家庭对孩子总归是有些影响的。

想起宋凛人前人后的样子，周放轻叹了一口气。

她抬手摸了摸外甥女的头，口气温软地说：“傻孩子。”

外甥女坐上车，乖乖地系上了安全带。周放自后视镜里看见宋凛又一次生拉硬拽地把他女儿拉进车里，动静大得周围的人都不由得驻足观望。

周放突然觉得，宋凛也有他的不易，自己姑且原谅他的自以为是吧。

之后的一周，周放都在忙上节目的事，《衣见钟情》是目前国内服装类综艺节目里最火的，周放必须严阵以待。

虽然在宋凛面前夸下了海口，但是周放实际上对能不能在节目里胜出并没有十足的把握。正如宋凛所说，余婕在圈内是出了名的难搞，周放托了好多人也没能把她那关打通。歌婕思的老总和周放一样，都在期待着自己的品牌能在这一季节目中大放异彩，得到融资，余婕自然不可能给周放提供方便。

一筹莫展的周放在例会上发了顿脾气，这么多人拿她的钱，却没有一个人能真的为她排忧解难，这让她实在难以压制怒气。

周放发的这顿脾气，让公司里的低气压持续了一周。

周末，周放约了秦清喝酒。

作为一个新老板、年轻女人，周放还是很认可喝酒这种发泄压力的方式的。

秦清约她吃饭的地方近来很火，推出了一款“海陆大咖”，装海鲜的容器足有桌子那么大，每次来都要排队预约。此时此刻，两个瘦丁儿一样的女人就这么隔着一桌海鲜大快朵颐，完全没有平日的形象。

周放和秦清在同龄的女人里都算是有身家的，只是两人情路都很不顺，可算难姐难妹。秦清第一次结婚就遇到了人渣，年纪轻轻就离了婚，虽然离婚的时候分了一套黄金地段的复式楼以及一笔数额不小的财产，但是这经历还是让她对感情失去了信心，之后就开始游戏人间。

上次秦清带周放去见的那个算命的小白脸如今已经住进了秦清家里。周放听完这事，忍不住鄙视她：“你就瞎作吧，早晚有一天被这些小白脸骗干净身家。”

秦清没形象地喝完一大瓶啤酒，笑呵呵地说：“我乐意。”

“你真是中毒了。”周放吐槽。

秦清哪里是受得住吐槽的人，立刻反唇相讥：“比你好，你才是中毒了，居然和宋凛搞到一起去了。”

周放一听宋凛的名字，忍不住皱起了眉头。

秦清则和她完全相反，提起宋凛就兴奋。她一脸八卦的样子，压低声音问周放：“你说，你多和他练练，是不是以后也能成为本城有名的情场老手？”

周放喝光了杯子里的啤酒，视线瞥向别处，良久才低声自嘲道：“我？最多就是一个炮灰。”

秦清是周放多年的闺密，自然知道周放话中有话，见周放情绪低落，知道自己玩笑开过头了，赶紧收声，不再多问。

她笑了笑，自然地转移了话题：“我告诉你，你可别小看我这算命的‘小鲜肉’，他可了不得。”

周放笑了笑："怎么？"

秦清神秘兮兮地对周放说："他以前啊，和那个女明星佘婕好过，我在他的电脑里看到他和佘婕的照片了。佘婕肯定整容了，那时候长得和现在很不一样。"

"佘婕？"周放被酒精麻痹的大脑还不算混沌，很快挑出了关键词。她转过头来挑了挑眉，"马上要参加《衣见钟情》的那个佘婕？"

"小点儿声，"秦清说，"佘婕本来叫佘翠，瞧这名字土的，'佘婕'是后来进娱乐圈改的名。"

周放鄙视地看着秦清："也只有你能和现任男朋友谈论他和前任的那点儿事了。"

"这不是交流经验吗？"秦清压低声音说，"我家'小鲜肉'觉得她不正常啊，后来一打听，不得了，原来她以前是在夜总会里做的。"

周放听着这么劲爆的八卦，手上握着冰凉的啤酒杯，半晌才反应过来，忍不住骂了一句。

周放和秦清见面过后的两三天，秦清就把周放要的照片搞到手了。不得不说，作为闺密，秦清还是非常给力的。

周放喜滋滋地拿着照片欣赏，秦清忍不住吐槽道："你都不知道我多不容易才拿到照片的。原本算命的不肯给，还说'都分手几年了，不想伤害她'，深情得很。我靠牺牲色相、吹枕边风才拿到的照片，成不成看你自己了。"

周放笑眯眯地收起照片，习惯性地揶揄秦清："你哪儿有什么色相可以牺牲，是人家'小鲜肉'扛不住你的淫威吧，毕竟靠你养不是？"

秦清翻了个白眼："周放，就你这嘴，要不是看你没朋友，我早和你绝交八百回了。"

周放默契地回应："彼此彼此。"

秦清微微一笑，一副笑里藏刀的样子。她不再和周放啰嗦，而是毫不留情地“宰”了周放一个包，周放悔得恨不得把自己的舌头给吞了。

不过想想在节目中胜出后带来的经济效益，虽然被秦清宰了一个包，周放的心情还是很愉悦的。

一路哼着歌回家，停好了车，刚走出车库没多久，周放就碰到了正好回家的宋凛。

宋凛还是一贯的样子，眼眸深沉，也没什么表情，就那么不远不近地跟着周放。小区的夜灯昏黄，绿化良好，月色溶溶，这画面倒像是两人月下散步似的。

自上次两人不欢而散后，周放也有好一段时日没有在小区里看到宋凛的身影了。虽然她很好奇宋凛怎么会突然回来，但是周放才不会主动和他搭讪。

他们一路走进电梯，两人自镜中看着对方的样子，相对无语。周放夹着自己的挎包，低头看向自己的脚尖，试图当宋凛不存在。

“一路哼着歌，有什么事这么高兴？”宋凛的声音在密闭的空间里回荡，十分有磁性。

周放抬头看着他，见他正对着自己笑，忍不住白了他一眼：“不告诉你。”

“你真的有 28 岁吗？”

“怎么？保养得宜你嫉妒了？”

宋凛笑：“我是说，你很幼稚。”

周放耸耸肩：“随便你怎么说，无所谓。”

“比赛的事，你搞定了吗？这么高兴？”

周放仰起下巴，满脸骄傲：“反正你记住，我一定会赢就行了。”

看着周放得意扬扬地扭着屁股进门的背影，宋凛意味深长地眯了眯眼。

周放这个女人就像一条活泥鳅，滑不溜手。

宋凛以前也交往过工于心计的女人，却从来没有哪个女人真的从他手上讨到什么便宜，周放是第一个。

同时，周放也是第一个让他产生了兴趣却毫不犹豫地拒绝了他的女人。

宋凛不喜欢这种感觉。

以宋凛以前的习惯，根本不会抽空见娱乐圈的这些莺莺燕燕。他不喜欢和这个圈子里那些把功利写在脸上的女人打交道，被利用得多了，他也会感到厌恶。但他却破了规矩和余婕见了面。

余婕对于宋凛的邀请也显得受宠若惊，和他相处时她举手投足都十分小心翼翼，就怕说错了什么、做错了什么，得罪了这活阎王。

当宋凛暗示她，这季节目最后的评选阶段不要选周放时，余婕感到非常意外。

毕竟以宋凛如今的地位，会主动出手打压一个女人，这实在显得有些不同寻常。这么低级的手段，分明是宋凛不屑用的啊！

实在太好奇其中的缘由，余婕忍不住问他："你和这个周放有过节儿？"

宋凛的脸上没什么表情，他只是随手用手指敲了敲办公室的落地窗，视线落向窗外，许久才淡淡地回答了两个字："没有。"

"那为什么？"

余婕离开后，宋凛回忆着自己的回答，他怎么说的来着？

"我不喜欢女人太不听话。"

第五章
我来就山

《衣见钟情》的摄影棚制作费用远超过同类节目，三层阶梯的舞台营造出一种米兰时装周的时尚感。大秀结束，主持人和余婕缓缓地从舞台后走了出来。

专供余婕的苹果光照在她脸上，让她的皮肤在镜头前完美无瑕。

周放姿态懒散地靠坐在米灰色的沙发上，冷静地看着电视里余婕那做作犹豫的选择场面。

虽然已经提前知道了结果,此刻正式放出来,周放的心情还是有一丝复杂。

余婕不愧是获得过“金栀奖”影后提名的演员，明明恨得牙痒痒，还能保持微笑，仿佛一切都是真心实意的。

是的，周放赢了。

她不禁想起最后一期节目录制前发生的事。

《衣见钟情》的后台挤满了人，所有的工作人员、参赛者都在紧锣密鼓地准备着。大明星余婕的咖位很高，化妆室离模特们的化妆室很远，极其清静。

周放越往里走，棚内的嘈杂声越小，她手里紧紧地抓着自己的包。说实话，做生意时用些非常手段是在所难免的，但以往这种事都是汪泽洋去做，周放还是个绝对的“生手”。

她敲门进了余婕的化妆室，此时化妆师和助理都出去了，里面只有余婕一个人。

周放一紧张，不小心踢到了墙角的一盆叫不出名字的植物。不大不小的声音惊到了余婕，她回过头来，看见是周放，眉头皱了皱。

明星化妆室的化妆镜边缘都有一圈灯，周放的眼睛有些不适应。此刻余婕已经化好妆，只差换衣服，正站在化妆镜前进行最后的调整。

周放进门的时候随手关了门，余婕见门是关的，对她说话的态度随意了许多。

“你来干什么？”余婕的姿态依旧保持着大明星的高高在上，她微微地笑着，“要走后门，也该早点儿吧？”

周放不是没有想过早点儿找她，但就像电视剧里演的一样，大反派都是事到临头才使出撒手锏的。周放只有这样才能杀余婕一个措手不及，不让余婕有过多的时间进行公关处理。

余婕的态度有些傲慢，但周放依旧不卑不亢。

“我来自然是希望做点儿什么让我的公司赢。”

余婕仿佛听到了最好笑的笑话，眼中是不加掩饰的鄙夷：“凭你？”

“我相信，余小姐是聪明人。”

余婕抿唇：“是吗？”她回过头来，脸上的笑颜美得勾魂摄魄，“可是宋凛希望我别让你赢。”

听到宋凛的名字，周放有些意外，她微微蹙眉：“宋凛？”

余婕依然笑着。

“他说不喜欢女人不听话。”

周放的手指落在包里的照片上，心头不知道为什么感觉被揪了一下，手上下意识地一收。有一瞬间，她觉得自己的脑子有些空。

不过下一刻，她一贯的微笑已经重新回到了脸上。

“余小姐是聪明人。”周放拿出包里的照片，抚平了边角的折痕，放在余婕面前的化妆桌上。

照片不是很清楚，又是在声色场所拍的，光线不足，暗处甚至有些噪点。唯有照片中的年轻女孩，衣着暴露，笑靥如花，面目清晰。

“余小姐自己斟酌，”周放保持着反派该有的趾高气扬，没有一丝胆怯，“我相信你会做出正确的选择。”

不难看出，余婕已经被气得够呛，那么漂亮的一张脸，即使极力克制，眼睛还是瞪得很大，面部肌肉也在轻微颤抖。

她狠狠地盯着周放，一字一顿地说：“周放，你够狠。”

当今的社会是信息社会，各种综艺、真人秀比比皆是，节目获胜带来的关注度足以让倒霉了大半年的周放咸鱼翻身。

被余婕选择并颁奖的设计师一战成名，他在节目中为余婕设计的新衣，同款月成交量达六十万件。本城能叫得上名字的加工厂都接了周放公司的订单，公司品牌效应不断扩大。

周放最近的行程简直满得不行，隔三岔五就有人找她上杂志、做访问。28 岁的创业女老板，中产家庭背景，外貌中上，单身，不需要再编造什么，已经自带许多话题。

公司的官方微博最近涨了很多粉丝，品牌的名字也好几次出现在微博热搜榜上。

总的来说，这一仗，周放赢得漂亮。

这一个月，周放的名字不断地从周围人的嘴里说出来，宋凛感觉到了她前所未有的存在感。

一天，宋凛赴了一场平常的饭局，饭局中都是城中知名的企业家，大家坐在一处除了生意，也就聊一聊圈内的事。

宋凛没想到有一天，周放会成为饭桌上的谈资。

一个运动品牌的老总不知道从哪儿摸出了一本服装类杂志，一桌人轮流传阅。杂志到宋凛手上时，已经被翻得有些折痕，宋凛随便一翻就看到了大家热烈讨论的内容。

那是彩版印制的周放的访谈。

一段时间不见，这个女人似乎变得更加漂亮了。她本就没有多大年纪，长相也能称得中上等，以明星的方式稍加包装，拍出的照片倒是有几分属于她的独特气质。

酒桌上关于周放的讨论还在继续，这些身家丰厚的老板竟然齐刷刷地在谈论同一个女人，这实在不同寻常。

宋凛对面一个肥头大耳的中年男老板两眼放光，贼兮兮地说道："这个周放真是不简单，才 28 岁，居然搞得过歌婕思。余婕连她姐姐都没帮，这里面肯定有问题。"

另一个老板搭腔道："非常情况，非常对手，非常手段。"

那个最先说话的中年老板公鸭叫声一样的声音再次响起："把这个女人搞上床，公司、女人、聪明的脑袋瓜，都有了。"

此话一出，在场的所有人都笑了起来。这种玩笑话平日里宋凛也听过不少，不知道为什么，此时此刻他感觉受到了冒犯一般。

尤其是当宋凛看到说话的那个男老板那不加掩饰的猥琐眼神时，他心浮气躁。

宋凛不耐烦地扯了扯领带，随手把杂志往桌上一扔：“我还有事，先走了。”

在酒桌上喝了几杯，此刻宋凛身上的酒味充斥着整个车厢，他没有带司机，开车的是宋凛的秘书。秘书已经跟了宋凛很多年，深知宋凛的脾性，此刻一句话都没说，让宋凛得以短暂休息。

周五晚上十点多，正是夜生活开始的时候，街头处处灯红酒绿，人头攒动，月光在霓虹灯的映照下黯然失色。

此时，宋凛的车正被堵在马路上。

这个红灯格外漫长。

宋凛用手肘撑着车窗，看着窗外来来往往的人，突然转过头来问秘书：“听说你结婚了？”

秘书看了宋凛一眼，态度始终从容：“宋总，我孩子都两岁了。当初结婚、孩子满月，您都给我包过红包。”秘书语气不带一丝幽怨，只是在陈述已经发生的事。

被这么回应，宋凛也没有生起愧疚之心。他本就算不上有良知的老板，这么多年用男秘书，不过是为了让他的核心生活圈更简单一些。

对身边的人，所有能用钱解决的，宋凛毫不吝啬；但凡需要关心和爱的，他都无力给予。

宋凛低头看了一眼自己的手指，又问：“你老婆是干什么的？”

秘书大概没想到宋凛会问得这么细，也吃不准宋凛的目的，思忖了一会儿，才带着几分犹豫回答道：“她是小学老师。”

“老师好，”宋凛动了动唇，“不抛头露面，时间固定，规规矩矩的。”

秘书被他这评价噎了一下，半晌才回答了一个“嗯”字。

宋凛回过头来，表情变了变，他突然认真地问秘书：“你觉得周放的那个公司有买的价值吗？”

秘书握着方向盘的手紧了紧，感觉今晚和宋凛的对话十分诡异，也实在不确定怎么回答才是对的。

他想了一会儿，才小心翼翼地说：“带周总一起，价值非常。”

“好。”宋凛微笑，“你跟进一下。”

秘书有点儿不知所措。

许久没有见过宋凛这个老男人了，说实话，从女人的角度来讲，周放是有些想他的，但近期积攒的那些新仇旧怨让她对他充满了怒气。

此时此刻，宋凛出现在她眼前，并不算是一个明智的决定。

今天晚上，周放爸爸的一个朋友拿到了澳洲一个红酒品牌的华中区代理，邀请周放一家去品酒，周放喝了不少酒。

本来是其乐融融的一次聚会，结果双方家长醉翁之意不在酒，周放爸妈趁机让周放和那个叔叔的儿子相亲。周放心不在此，为了逃脱惯常套路，她全程试酒，不醉也给喝醉了。

周放从脸到眼睛都红通通的，瞪着一双眼睛盯着宋凛。

两人都站在自家门口没动也没有开门，仿佛在和对方较劲。

最后是宋凛打破了平静。

他缓缓踱步过来，接过周放的包，看了一眼她的眼睛：“喝得有点儿多，满眼的红血丝。”

周放瞪了他一眼，气呼呼地夺回自己的包。

“听说你想收购我的公司？”她的口气始终怀着敌意。

“你这么费尽心机地想上位，不就是为了融资卖公司？”宋凛泰然自若，微笑着看着她，眼中是周放读不懂的深沉，“周放，我是你的机会。”

周放必须承认，宋凛抛出的橄榄枝确实是一个很不错的机会。

可是她实在太讨厌这个男人这副一切尽在掌握的样子。

“怎么办？我不想给你。”周放眨巴眨巴眼睛，看向宋凛，眼中冷意浮起，她一字一顿地说，“你讨厌女人不听话，我讨厌男人自以为是。”

即便周放语带嘲讽，宋凛却始终处变不惊。

他低头看着周放，缓缓凑近，距离近到周放分不清这醉人的酒气是来自他身上，还是自己身上。

他的手滑过周放的肩膀，刚要碰到周放的肌肤，就被她粗鲁地挡开。

周放还没走出两步，就已经被宋凛抓进了怀里。

他的动作快得像一只一直守着猎物的鹰隼，伺机而动只为下手那一刻的一击即中。当周放反应过来的时候，她已经被他推入墙角，他一只脚抵在周放两腿之间。周放下意识地缩了缩身子，踮起了脚，不让宋凛的膝盖碰到她的大腿内侧。

宋凛发现了她的小动作，嘴角动了动。

他低着头，额头抵着周放的额头，呼吸里是蛊惑人心的酒气。

他的大手毫不客气地落在了周放的胸口，隔着贴身的黑裙，将周放胸前的柔软揉捏成顺手的形状，手法熟练。

“瘦了。”他的嘴角是一抹坏笑。

周放被钳制着不能动，恼羞成怒：“滚！”

面对周放的发飙，宋凛始终是一副老流氓的嘴脸。

他一脸戏谑地看着她，似笑非笑：“我只喜欢在床上滚。”

宋凛的声音低沉而悠远，等周放反应过来时，她已经被宋凛打横抱了起来。

看着宋凛十分轻松就阴谋得逞的嘴脸，周放不禁在心里吐槽，早知道就不该控制体重，不该减肥，重点儿不吃亏，就该让宋凛抱都抱不动才好。

宋凛抱着周放走到门口，这是熟悉的信号，周放自然知道接下来会发生什么。

“放开。”周放抓住宋凛的衣领，防止摔下去，故作凶狠地说道。

宋凛笑了笑，没有理她，径自拿出了钥匙，一串金属碰撞的声音彻底唤醒了周放。

“我已经说了，你放开。”周放此话一出口，抱着宋凛的脑袋，嘭地用自己的头撞了下去。

这一下猝不及防，宋凛手一松，差点儿把周放摔到地上。怕周放撞到墙，宋凛手疾眼快地用手扶住了周放的头，自己的后背则砸到了墙上，发出一声闷响。

周放终于掌握了主动权，挣扎着从宋凛身上下来，临走前把他往后推远了一臂的距离。

她扯了扯裙子上的褶皱，又理了理自己的发型。

虽然额头也很痛，但是周放努力保持着轻松的表情，她微微仰起下巴，用鄙夷的语气对宋凛说：“我说的滚，是让你滚回自己家去。”

她话说得潇洒，底气却不是那么足。

周放下意识地偷瞄了宋凛一眼。

此时此刻，回应周放的是宋凛那令人毛骨悚然的微笑。

宋凛额头上还在隐隐作痛，可见那女人撞得多重，他心想，难道她自己不觉得疼吗？这女人的性格真不知道是怎么养成的，躁起来比十匹烈马还难控制。

从冰箱里拿了一瓶水，咕噜咕噜地喝下去，宋凛才觉得胸中那股积郁感渐渐消散。

说起来，十二年前，宋凛曾见过周放两次，只是时间太久远，那次在酒店里与她见面时没能第一时间认出。

之后他也是通过她这特别的名字才想起来。

2004年，宋凛刚从学校毕业，还没来得及和那女人领张结婚证，那女人已经跟别人跑了。在那座不大的小镇，他宋凛成了一个大笑话——对男人来说，也许没有什么比被戴绿帽子更严重的事了。

留在这座城市，其实从来都不是宋凛自己做的决定，而是不得已而为之。

他想成功，却全无背景、白手起家，这个社会哪儿有那么多神话？宋凛一个刚毕业没多久也没有太多经验和本钱的大学生，能有多大能耐在这座城市立足？

处处碰壁，处处受挫，他觉得自己快要放弃了。

5月中旬，天气已经开始变热，宋凛身上的衬衫被汗浸透，全贴在后背上，整个人看上去犹如丧家之犬。他花了一元钱在一所高中附近的奶茶店买了一杯奶茶，坐在店里，周围全是活泼好动的高中生。

奶茶店的电视机里在放着H国的综艺节目，坐在宋凛身边的一个女孩一边吃着冰沙一边看节目，全程都在流泪，哭得那叫一个惨。他忍不住抽了一张纸巾递了过去。

之后，在他三顾茅庐找服装加工厂的周生年帮忙的时候，宋凛又见到了那个女孩。

她是周生年的女儿，周生年喊她周放。

大约是见惯了有人求到家里来，周放只瞥了宋凛一眼。显然她已经不记得他了，毕竟那时候的他是那样灰头土脸。

周放脑袋后面还甩着马尾辫，脸上稚气未脱，她对周生年说：“爸爸，你帮帮这个哥哥吧，这个哥哥长得挺帅的，看着像个好人。”

后来，虽然周生年没有答应帮忙，但是宋凛还是渡过了难关，并且越爬越高。

后来，宋凛知道了那天奶茶店电视里播放的是HOT组合解散三年后第一次合体的节目回放。

当年的周放，还是个追HOT追到哭的女孩。

鬼才知道，这么多年，时光到底对她做了什么。

现在的她，给她一把枪，估计就直奔战场了。

想到这里，宋凛忍不住扬起了嘴角。

周放的公司在《衣见钟情》爆红后，趁热打铁地推出了下一季的新款服装。

为了能按时让新款下厂，周放一周没有回家，每天实在太困了就在办公室里睡两三个小时，整个人已经疲惫到了极点。

大约是太辛苦了，免疫力下降，助理的感冒传染给了周放，她连挂了三天的水才稍微好转。

病才稍好，回到公司又是新一轮的轰炸，周放午饭也没空吃。下属给周放带了馄饨，她也顾不上什么形象，解开塑料袋就在办公室里吃上了。

刚吃了两个，第三个还没吞下去，周放就被销售部经理风风火火闯进门的样子吓到了。

馄饨还烫着，就这么从食道滚落下去，周放心口烧得难受，半天才缓过来。看着脸色惨白的销售部经理，她一脸困惑地问道："这是怎么了？突然冲进来？"

"周总，完了，这次真的完蛋了。"

周放必须承认，此时此刻，她有点儿怀疑眼前的一切是自己因缺觉加感冒初愈而产生的幻觉。

她手上拿着的是April新一季的服装宣传广告册，设计精美，纸质也很高档，拿在手上很有分量，扑面而来的油墨清香也不同以往，看来是特殊墨水。

如果不是广告册里的衣服和周放厂里正在赶工的衣服一模一样的话，她真的觉得宋凛公司的广告册制作得很值得借鉴。

这一季新款服装的设计师此刻正站在周放面前，他低垂着头，捏着手指，整个人看上去很麻木，好像一切都与他无关。

周放甚至不知道自己应该和他说什么。

“你不打算解释一下吗？”周放问。

“现在说什么都太迟了，我没想到他会骗我。”年轻的设计师抬起头看着周放，脸上终于有了一些人类的表情。

他的眼中满是不甘心：“你不带我去上节目，却催我提前交设计方案。我没有灵感，才会……我怎么知道他会把April的新一季作品卖给我。难道他不知道这有多严重吗？这分明是要害我！”

设计师毫无悔意的辩解让周放感觉到了前所未有的无力。

“我不带你去上节目的理由还不够明显吗？”周放的语速越来越慢，声音也越来越冷，“这次交了那么多作品上来，我选了你的设计方案是在给你机会。”

“周总……这事肯定是April的人害我的！买设计方案的人多了，怎么会正好我就——”

啪！

周放将广告册直接摔到了设计师的脸上。

“你侮辱了‘设计师’这三个字。”周放怒极反笑，最后只冷冷地对他说了三个字，“滚出去。”

这是周放第一次认真地观察自家门口的一切。

用黑白色调的几何拼图地砖铺就的廊道，欧式雕花铁艺壁灯，头顶是与灯光交相辉映的金色镜面天花吊顶。这个高档的精装小区，一层楼只有两户，以那样低廉的价格拿下来，确实是周放赚了。正因为这样，周放才有些忘了自己是谁。

此刻已经凌晨两点，周放却一点儿困意都没有，她一直守在走廊里，直到住在对面的人回家。

满身酒气，眼神却始终清醒，是他一贯的样子。

宋凛手上捏着钥匙，看到周放的那一刻他稍微愣了一下，随即转了方向走到她身边。

那双让人眷恋的大手自然而然地贴在了周放的额头上，他眉头皱了皱，问道："怎么在发烧？"

周放用手上的广告册挡开了宋凛的触碰。等了一整晚，她觉得此刻自己整个人已经有些晕晕乎乎的，可怒意还是支配着她的大脑。

她举起手里的广告册，咄咄逼人地质问宋凛："这是你干的，对吗？"

宋凛看了一眼周放手里的东西，眼睛眯了眯："我没这么闲。"

"你敢说你是完全清白的吗？"

面对周放的质问，宋凛陷入了沉默，这让周放感到前所未有的愤怒。

"公司毁了，你收购过去又有什么用？"

"你的设计师走上歪路不是我逼的，对吗？"宋凛的表情是那样坦然，仿佛他真的什么都没有做。

"你明知他走上歪路还听之任之，最后借此打压我的公司，"周放冷笑两声，"宋凛，你真够卑鄙的。"

不论周放用多么不堪的字眼形容宋凛，他的表情始终毫无波澜。他的眼眸那样深沉，周放什么都看不出来。她永远都猜不透这个男人在想什么。

"我这个人就是这样，"宋凛顿了顿，声音始终低沉而冷静，"只要想要的，就要得到手。"

"姓宋的，我不会让你得逞的。"

“周放。”

宋凛叫周放名字的时候，语气中有一种奇异的缠绵，让她一次又一次地沉沦，直到万劫不复。周放往后退了两步，就听见他的声音再次响起。

“生意场上，没有父母、没有兄弟，更没有夫妻，感情用事的人不会成功。”

周放听完他的“谆谆教诲”，忍不住冷笑。

她一下一下地狠狠撕掉了宋凛公司的广告册，最后将那些碎片狠狠地甩在了宋凛脸上。

“宋凛，我们没完。”

周放的胸口不断起伏着，她憋回了一肚子的脏话，转身就要离开。

她还没走出两步，手腕就被身后的宋凛紧紧抓住，她挣了两下，却被他借力拉了回去。

宋凛的手死死地捧着周放的脸庞，不等周放反应，霸道到不容拒绝的吻已经落在了她的嘴唇上。

宋凛的嘴唇又冰又凉，吻上来的力道极大，他口腔里的酒气渡到周放嘴中，让她的眩晕感更甚。

周放的世界里仿佛卷起了惊涛骇浪，她被他推到墙上，全身虚软。

周放死死地抓住了宋凛的短发，尖利的指甲刮在他的头皮上，那一定痛极了，他却始终无动于衷。

两个人仿佛并不是在亲吻，而是在角斗。周放用力地咬住了宋凛的舌头，他吃痛才被迫放开她。

周放愤怒地瞪着宋凛，而他随手抹掉了嘴角的血迹，自始至终都目不转睛地看着她，眼中是志在必得的嗜血目光。

“我宋凛不喜欢被拒绝，不管是生意，还是女人。”

不知道宋凛是否也像她一样气急败坏，周放从他脸上看不到任何情绪。

他始终维持着应有的风度，转身去开门的时候，不论是表情还是动作都显得十分冷静。

也许是走廊的灯太过刺眼，周放觉得眼前的一切好像都在转圈，她越转越晕，耳朵也越烧越热。虽然视线已经有些模糊，但是她一直在强撑着。她一直这么倔，不想在宋凛面前露出一丝一毫的软弱。

直到听到宋凛关门的声音，周放一直靠着墙的身体再也坚持不住，一寸一寸地滑了下去……

周放觉得这次的感冒来得格外凶猛，她已经很多年没有这样病过了。

她上一次在别人面前流露出脆弱的一面是什么时候？2009年？

那时候周放在读大三下学期，课程安排终于不再像前两年那么紧张，课余时间渐渐多了起来。只是大家依然不敢松懈，因为马上到来的大四才是重头戏。有的同学要继续深造，还得准备考研，要留学的也纷纷开始准备托福、雅思、GRE 考试。

和同寝室其他的姑娘比，周放的整个大学时期都在谈恋爱。学校规定学位证和四级证挂钩，周放考了两次才考过四级。平时的大部分考试周放都靠着霍辰东考前给她突击补习，那些作业、论文也都是周放撒撒娇，霍辰东就给她写了。这种学习态度还没挂过科，让周放还挺得意的。

周放必须承认，那时候她已经堕落得不成样子了。

秦清曾经嘲笑她："你现在这大米虫的样儿，万一你家霍辰东不要你了，估计你连上街讨饭都不够格。"

霍辰东好学上进，大三下学期就开始准备 GRE 考试，那时周放终于意识到霍辰东说要出国不是设想，而是一个一定要实施的计划。

周放谈恋爱谈昏头了，等她意识到她需要独立的时候，身边除了霍辰东和秦清，竟然没有几个交心的朋友了。

因为家里开服装厂，周放从小到大，大钱没有，小钱不缺，一直读着本城最好的学校，高考之后顺利地考入了本城最好的大学，和霍辰东成为同学，靠厚颜无耻、有冲劲拿下了校园男神……她几乎没有经历过什么挫折，所以才不能接受霍辰东就这么走了。他走了，她该怎么办?

因为霍辰东要出国的事，两人不记得吵了多少次架。一开始霍辰东还不厌其烦地解释、安抚周放，之后在 GRE 考试和感情的双重压力之下，他终于爆发了。一次激烈的争吵过后，两人冲动地分了手。

说实话，那时候周放并没有意识到她和霍辰东是分手了，他们在一起的几年里，被秦清戏称为“作精”的周放也没少折腾霍辰东，那时候他都是一一接招的。

两人分手后的半年多时间里，谁也没有和谁说过话，因为谁先低头谁就输了。周放不想输，她追求霍辰东的时候没脸没皮，可分手了却格外要面子。

说到底，喜欢和爱是不一样的。喜欢可以不惜一切去争取，爱却有着不能践踏的底线。

为了让自己不要胡思乱想，大四时周放申请去最忙的单位实习，之后又专注地准备毕业论文和答辩。一贯吊儿郎当、只知道谈恋爱的周放在最后的毕业论文和答辩中拿了 98 分，是全班第一名，这让班主任大跌眼镜。

2010 年，毕业答辩结束后，周放再也没有见过霍辰东，只听说他忙着准备常春藤名校的面试，他家里给他报了几个针对面试的培训班，那几个月他在北京。

听说了这事，秦清气坏了，她在周放耳边喋喋不休：“两个人在一起那么久，霍辰东的心怎么能这么狠？说分就分，再不联系？他是男生啊，低个头会死吗？”

周放的心凉极了。

毕业时，家里人把周放的东西都整理好搬回了家。

一回家，周放就病了，一连好几天高烧不退，把周放爸妈吓坏了，带着她跑了好多医院都查不出病因。周放每天烧得晕晕乎乎的，虚弱得连水都喝不下。

最痛苦的时候，她放下了矜持和尊严，拨通了霍辰东的电话。

她想，这段感情里，一定是她爱得比较深，所以总是她一次又一次没脸没皮地低头。

电话很快接通了，周放深吸了一口气，咬着牙不让自己哭出来，只是轻声问着电话那头的人："你在哪儿呢？"

"北京。"

周放咬着嘴唇又问："你能不能回来？霍辰东，我生病了，很难受。"

"怎么回事？"

"发烧，一直不退。"

电话那头一阵沉默，周放攥着手心数着数，一、二、三……数到二十八，霍辰东才回话。

"真的？不是为了骗我回来？"

周放从来不知道，人的眼泪可以毫无征兆地、像坏掉的水龙头中的自来水一样倾泻而出。

霍辰东还在说："我暂时回不来，后天有一个面试。你知道的，我想上常春藤的大学，上一次面试没过，这次的机会对我很重要。周放，你是不是真的病得很严重？你能不能再坚持两天？两天后我就回来了。"

周放躺在床上，眼睛每眨一下，眼眶里就有新的眼泪涌出，像永远也不会枯竭的泉眼。

许久许久，周放觉得自己心死了："霍辰东，我祝你得偿所愿。"

这么多年，周放从一个初出校门的懵懂小姑娘变成如今无坚不摧的样子，其间饱含着多少难言的痛苦。

迷迷糊糊地，周放做了许多梦，从小到大、从家里到公司、从少女到熟女、从甜蜜初恋到怅然若失……她不记得自己是不是哭了，只知道醒来时眼角还有湿意。

她睁开眼睛，映入眼中的是熟悉的黑白色调，米灰色的亚麻窗帘让整个房间看上去更冷了几分，整体风格看上去太像酒店了。明明这房子和周放的房子是一样的精装修，周放大多选择一些暖色调的软装，让家里看上去更有烟火气息；而宋凛，东西和人一样，一副拒人于千里之外的样子。

周放动了动脖子，感觉整个后背都有些疼。她夜里大约出了很多汗，皮肤上有点儿黏黏的不舒适感，身体疲惫得仿佛要散架了，爬了几次都没能爬起来，最后是一直在她旁边守候的宋凛把她扶了起来。

他安静地坐在床边，身上还穿着昨夜的衬衫，眼窝处有熬夜过后的青黑色。他的手落在周放额头上，一直皱着的眉头渐渐舒展，他似是松了一口气。

“烧退了。”他说话的样子是那么温柔，“身体有没有不舒服？”

周放觉得眼前的画面有些不真实。

曾经她多么希望自己能得到这样的对待，可她等啊等，一直没有等到这样的人。

然后她经过千锤百炼，成了今天的周放。

周放平静地看了宋凛一眼，摇了摇头：“没事了。”

宋凛站起来，递了一杯水给她：“肚子饿吗？想吃什么？”

他与她说话的语气寻常得好像两个人之间什么都没有发生过。周放几乎觉得，昨夜那激烈的争吵只是一场梦。

她扭过头去，不知道该说什么才好，最后选择了沉默，但她烧了一夜，完全没有进食，肚子咕噜噜的叫声出卖了她。

宋凛并没有在周放面前炫耀厨艺，从进厨房到做好东西端出来，整个过程不到二十分钟。褐色的荞麦面、绿色的小白菜、两个黄白分明的荷包蛋，香气四溢。宋凛将面端到周放面前的时候，她的眼睛被热气熏得有些发红。

周放并不是矫情的女人，被照顾了一夜，是人都会感动，但这感动不至于让她失去原则。

整个口腔都没什么味道，周放吃得很慢。宋凛看了她一眼，起身去冰箱里找了半天，才找到一罐配德国猪肘的那种酸黄瓜递给她。周放也没客气，筷子直接伸了下去，不得不说，黄瓜酸得让她食欲大开。

眼看一碗面被周放吃得见了底，一直没说话的宋凛终于打破了两人之间诡异的沉默。

“你这辈子有没有一定要实现的目标？”他的语气寻常得像在拉家常。

周放用筷子戳了戳面条，很认真地说：“十几岁的时候，想找个好男人，以后当少奶奶，后来发现男人比狗还靠不住，就放弃了。”

“现在呢？你一个女人，也没有那么大的经济压力，每天在外喝酒应酬，图什么？”

“多赚点儿钱，35 岁就退休，养小白脸，让他们把我当太后一样供着。”

宋凛抿唇笑了笑，没有太过惊讶，只是简短地评价道：“你这目标倒是远大。”

周放心想：此时此刻也不是选秀节目的录制现场，宋凛这是发什么疯？居然和自己谈人生目标？比起谈论那些虚无缥缈的东西，对现在的她来说，新一季的那些“抄袭设计”的成衣更需要关注。

趁着气氛还算融洽，周放放下筷子，嗫嚅了一会儿才说道：“这批货，你能不能‘吃’下去？”

周放必须承认，她是在向这个男人示弱。

不管她把话说得多漂亮，眼下困境的最快解决办法，就是靠宋凛。设计原本就是出自他的公司，拆标重贴就能随他们的货一起上市了，只要他愿意，他是能帮她的。

“我已经给过你选择了，”宋凛的表情始终那么冷静，他说出来的话却让周放连最后一丝幻想都破灭了，“公司卖给我，我会给你满意的价格。”

第六章
向死而生

是的，宋凛给出的条件不算差，但周放对这个答案无疑是很失望的。

女人就是这样，当和一个男人有了男女关系后，她们总会期待对方能像电视剧和小说里的男主角那样，在关键的事情上对自己让步。

可周放和宋凛并不是电视剧、小说里的那种关系，不管她心里有多少惊涛骇浪，宋凛似乎始终平静无波。

就像苏一说的，宋凛这个男人，她周放爱不起。

周放推开了面碗，缓缓站起身。宋凛没有动，只是视线随着她往上移了移。

“谢谢你昨晚的照顾，谢谢你的面。”周放低着头，自嘲地笑了笑，“我必须承认，有那么一时半刻，我想得有点儿多。”

她直直地盯着宋凛的眼睛，没有丝毫躲避：“你上次问我，想找个什么样的男人，我现在总算明白了，你这样的，确实不是我的选择。”周放顿了顿，“我不愿意和爱人讲原则，如果一定要有原则，那就是无条件让着我、包容我。”

宋凛听完周放的话，笑了笑：“只有十几岁的女孩才会相信这个世界上有这样的男人。”

面对宋凛的揶揄，周放表现出了前所未有的坚决：“我从十几岁至今，想法改变了很多，只有这一点原则从来没有变过。”

这大约是两个人相识以来，最认真也最残忍的一次对话。

周放毫不留恋地起身走到玄关处，找到自己的鞋子穿上，转身准备出门。

手刚握上门把手，周放就听到宋凛的声音自她背后传来，还是一贯低沉的嗓音，语气中夹杂着几分认真，比以往更让人觉得疏离。

“我从最底层爬上来，到今天，我已经没有什么一定要实现的目标了，对任何东西都失去了急切的渴望，所以我比谁都狠。”

他停了两秒，又一字一顿地说道：“周放，我不喜欢女人在我面前太过特别。”

周放必须承认，在面对自己和宋凛的关系时，她还是太过感情用事。

男女之间，只有顺序走对了才能走下去，走反了，两人必然会越走越远。她太过于看得起自己，也太过看低宋凛的影响力。

所以从一开始两人的关系就是错误的。

公司的事让周放陷入了困境，最难受的时候，周放给许久不见的秦清打了电话，约她出来喝酒。

不过一阵子不见，秦清整个人的气色看上去差了很多，周放一问才知道，原来她已经和之前算命的那个“小鲜肉”分手了。

难姐难妹就连倒霉都能撞期，这更让两人多了几分同病相怜的感触。

秦清说，那算命的小鲜肉踩着她上位，傍上更大的老板了，听说那老板为他建立了一个工作室，要捧他进娱乐圈。

秦清是个好情人，爽快地分手，乖乖地封口，祝君好运。只是这“小鲜肉”

现在跟的老板是个男人，秦清和他在一起也有一阵子了，完全不知道他男女通吃，这让她无比纠结。

这一晚上，秦清也喝了不少。酒壮夙人胆，平时已经口无遮拦的她这下更是荤素不忌，她抱着周放的胳膊问道："你说他是'攻'还是'受'？"

"都分了，你管他呢？"

"你说他在跟我之前就是'双'，还是跟我之后才'弯'的？"

周放被她问得也有些烦了，皱着眉喝了口酒："这很重要吗？"

"当然重要！"秦清不知道是想到了什么，表情扭曲，"你说他要是跟我之前就是'双'，那岂不是男的女的他都搞过了？"

说实话，周放本来心情挺差的，可是听秦清这么一顿吐槽，她的心情好多了。秦清这个女人的脑回路和常人太不一样了，活脱儿一个小品演员。

想想秦清的遭遇，周放好像也没那么难过了。最不济，把公司卖给宋凛，拿了钱她还是一条"好汉"。

见秦清面前的酒喝完了，周放又给她倒了一杯，随后压低声音凑近秦清问道："你说，怎么才能让一个男人对我服软呢？"

秦清睁着一双醉意蒙眬的眼睛，很认真地上下打量了周放一番，然后摇了摇头："死心吧，宋凛那种男人根本没有弱点，没有弱点怎么服软？"

周放一下子被她揭穿，有些尴尬，生硬地辩解："我没说是宋凛。"

"除了他，还有谁能让你老人家这么伤心？"

"你管我呢！你就说方法吧！"

秦清抿了一口酒，想了想说："买套情趣内衣勾引他？"

"……"

"扎破避孕套？生个小的绑住他？"

“……”

“或者去绑架他老妈？他小孩？”

“别出馊主意了行吗？”周放忍无可忍，“我是说我怎么做才能让他臣服在我的石榴裙下，对我服软？”

秦清又看了她一眼，特别正经地说：“放，咱好好睡一觉吧，做梦的时候也许可以。”

“……”

和秦清胡侃了一通，之后的几天，周放的心情都好了很多。她发现，自己心态变好以后，那种急躁慌乱的感觉也渐渐消失了。

她可以心平气和地跟手下的人商量对策，也听了好几个不错的解决方案并开始积极地实施了。

不管后续如何，她必须先挺过这一轮危机。

公司账面上没有足够的钱，资金周转出现问题，周放只能向银行贷款。

本地几个银行的行长和周放的爸爸还算熟悉，周放最开始创业时是她爸爸帮忙跑关系，后来才把关系线牵给了汪泽洋。如今出了问题，又要回去找老爸，周放想了许久，咬着牙没开这个口。

周放爸妈现在对她个人婚姻问题的关注度远超过公司，如果他们知道公司出现了危机，更会撺掇她卖掉公司，找个男人嫁了。

这不是如了宋凛的愿吗？周放不能如他的愿。

不管宋凛怎么看她，她就是要和他较这个劲。

周六的晚上，周放托了三四圈人才求得一张金融圈饭局的入场券。她不喜欢这种场合，但那饭局上有支行专管信贷的郭行长出席，她必须好好把握这个机会。

五行宴是城中著名的海鲜酒楼，一顿饭的花销在十万上下。五行宴主要是吸引高端客户，没有堂食，全是包厢，专为各种政商名流提供安全隐蔽的谈事空间。

酒楼一楼装修得富丽堂皇，四处都是金色的镜子和璀璨的吊灯，晃得人有点儿眼晕。一想到一会儿又要喝酒，周放就开始头疼。

刚走近电梯口，周放就碰到了一个老熟人——霍辰东。

他正背对着周放，身姿挺拔地站在电梯口，一身黑色西装，油光水滑的大背头梳得格外好看。这么多年，他完全没有变胖变老，经过时光的锤炼，反而变得更有魅力了。常春藤院校的留学海归、28 岁的副行长，爸爸又是省总行行长，这完全是总裁文里才会出现的配置，周放简直不敢相信，自己的生命中出现过这么牛的人物。

不知是周放高跟鞋发出的声音惊动了霍辰东，还是他从电梯的镜子里看见了周放，总之，就在她决定去走楼梯的时候，他缓缓回过头来。

见他转过身来，周放已经转了一半的身体又僵硬地转了回来，硬着头皮走到了电梯口。两人隔着大约一米的距离，都没有说话，只是像陌生人一样并排站着。

“你是不是拿了我的东西？”霍辰东目不斜视，声音清冷。

“哦。”周放低头看了一眼，发现自己正好和上次背着一样的包，赶紧拉开拉链找了半天，最后从包的角落里找出了那条项链，递给霍辰东，“你说这个？”

霍辰东接过项链的第一件事就是打开暗扣，随即他的脸色变了变：“里面的照片呢？”

“烧了。”

周放依旧是满不在乎的表情，那合影里有她，她可不想再和他有什么牵扯。

“周放！”

电梯门这时开了，发出叮的一声。周放毫不犹豫地就要跨进轿厢：“我还有事，先走了。”

周放的脚还没迈进电梯，霍辰东已经一把将她拉了回来。

“我知道你今天来干什么。”隔着不远不近的距离，霍辰东的声音冷如千年玄铁，“不要舍近求远，找我也一样，你要什么，我就能给你什么。”

听了霍辰东的话，周放有一瞬间感到一丝迷茫。

她能找他要什么？过去的时光吗？

那些总归是要不回来了。

周放推开他的手，有些嫌恶地往后退了一步：“我要你离我远一点儿。”

霍辰东被她拒人于千里之外的态度刺激到了，大步上前，双手紧紧地抓住她的肩膀。

他紧皱着眉头，表情凝重：“那时候是我的问题，考试压力大，你又总是和我闹，我当时太年轻了，只考虑了我自己，不能理解你的痛苦。”

霍辰东顿了顿，说：“对不起。”

周放感觉霍辰东如一道阴影出现在自己眼前，眼看着就要被他抱进怀里的时候，她倏然被一股力道往后拉了一把，那力道大得周放根本来不及反应。

那人一扯，周放随惯性向后倒去，最后被那人紧紧地揽入怀中。

周放抬起头的时候，表情还有些蒙。来人皱着眉低头看着她，眼里杀气腾腾。

周放已经被宋凛抓进了怀里，一只手却还被霍辰东紧紧抓着。

眼前这画面实在太过诡异，周放觉得自己像一只在草原上狂奔的羚羊，不小心被狮子和豹子同时盯上了。

她看了一眼宋凛，又看了一眼霍辰东，缩了缩身子，不知道说什么好。

宋凛还是一贯的阴晴莫测，黑色的瞳孔深不见底，他低头看了一眼霍辰东抓着周放的手，嘴角勾起一丝意味深长的笑意，许久，冷冷地吐出两个字。

“放手。”

面对宋凛的威慑,霍辰东丝毫不惧,他勾了勾嘴唇,眼中尽显敌意,冷嗤道:“这句话应该由我对宋先生说。”

三个人就这么僵持着，夹在中间的周放最为尴尬。她扯了扯被霍辰东抓住的手臂，用了用力没抽回来。没办法，周放只好转头去推宋凛，可他的手臂箍得比过山车的安全锁还紧，更是推不开。

“疼。”周放觉得自己有点儿喘不过气了，不舒服地轻喊了一声。

听见这一声，两个男人的反应截然不同。

霍辰东见周放眉头都皱起来了，下意识地松开了手，上前一步，凑近她问道：“怎么了？”

把周放箍得紧紧的宋凛则始终眉头深锁，见霍辰东走近，他将身子转了转方向，用肩背挡开了霍辰东，不让他靠近周放。他的举动像在划分领地的动物。

周放不爽地瞪了一眼宋凛，手掌用力地砸向他的胸口：“我说我疼！”

宋凛直直地盯着周放,墨黑的瞳孔里仿佛有怒火将要冒出来。他居高临下,冷冷地乜了她一眼：“忍着。”霸道的两个字，让周放下意识地缩了缩脖子。

电梯口又来了两个人，见他们三人此情此状开始诧异地低声私语。这时，又来了几个男人，他们一看见霍辰东就热情地打起招呼来。

“小霍行长，好巧，来吃饭啊？”

霍辰东冷冷地看了一眼宋凛，又看了一眼周放，最后转过身去，对来人微笑着招呼道：“赵总，好巧。”

眼看着电梯前的人越来越多，宋凛一直这么抱着周放，让她十分尴尬。明明她都用力踩了他好几脚了，他却跟没知觉似的。

宋凛看了一眼四周，一只手抓着周放的肩膀就往外带。

“走。”干净果断的一个字，霸道得不容置疑。

还没等周放反应过来，宋凛已经将她带离了现场。

都是有头有脸的人，霍辰东必须维持该有的风度。旁边的人都在看着他们三个，再纠缠下去，不知道会传出什么流言。他大约是不想陷入话题风暴的中心，没有再跟来。

宋凛拽周放的力度很大，一副吃了炸药的样子，周放觉得他那表情和神态活像是拐卖妇女的匪徒。

他们走到消防通道，见周围没人，周放愤怒地甩开了宋凛的手：“放开！”

这一次宋凛听话地放开了她的手，没有再违逆她的意思。

周放揉着被抓红的手腕，没好气地瞪着宋凛。

其实她一早就通过电梯门看到了宋凛的身影，她给霍辰东拿项链的时候他就来了。

周放瞥了宋凛一眼，毫不客气地冷嘲道：“既然是看热闹，怎么不看到底？”

宋凛背靠着门框，双手插在裤兜里，居高临下地看着她，与平日的气定神闲、高高在上不同，此刻的他看上去有几分心浮气躁。面对周放的冷嘲，他许久后才回答道：“不知道为什么，看他要抱你，觉得有点儿不舒服。”

周放揉捏手腕的动作停住了，她怎么也没想到宋凛会说出这样的答案，这和她预想的差得太远，让她感到有几分措手不及。

周放直直地望着眼前的男人，那一刻，她的呼吸好像屏住了，心脏仿佛要跳出胸口。

她抬起头瞪着宋凛，良久只憋出两个字。

“神经！”

宋凛并不擅长留人。

在他的印象中，周放这个女人总是风风火火的，说来就来，说走就走，这让控制欲极强的他经常感到无所适从。

骂完“神经”两个字，周放拍了拍衣服上的褶子，说道：“我走了，还有局。”说完她留给宋凛一个毫不留恋的背影。

宋凛沉默着往回走，碰到了赶来寻他的秘书。

“宋总，时间差不多了，是不是该进去了？”

“嗯。”宋凛扯了扯自己西服的下摆，脸上没什么表情。

秘书安静地走在宋凛身侧，尽责地为他引路。宋凛走了两步，却突然停了下来。

“今天除了我们这一局，还有谁在这儿吃饭？”

秘书跟了宋凛很多年，根本不需要宋凛多说，也不需点名，就已知道他是在问谁。

“周总应该是为郭行长来的。”

宋凛皱眉道：“管信贷的那个郭行长？”

“是的。”秘书半低着头，态度谦逊，“郭行长曾经追过周总，被周总当面拒绝了，郭行长一直对这事耿耿于怀。”

这郭行长在圈内也算有名，人到中年，肥头大耳，离婚后一直在外面乱搞。他最大的毛病就是好色，找他批贷款，性贿赂屡试不爽。以周放那清高的性子，被郭行长追求，不难想象当时她说了多难听的话。

这女人别的优势没有，长相倒算漂亮，气质也和那些拿身体换钱的女人完全不一样。饶是见惯了美人的大老板，还是会有个别人被她吸引。

她真的要去和那个郭行长吃饭？是吃饭，还是“吃”她？

宋凛负手而立，嗓音低沉：“去查一查在哪个包厢。”

说实话，要论恶心，这郭行长也算是周放在有限的人生里遇到的数一数二的人物。他油光满面、大腹便便、一口黄牙，虽然不秃头，但是那发型，也是令人生厌。

周放也不知道自己当初是做错了什么事才会不幸被郭行长看上了，追求了她好一阵子。

当时为了拒绝他，周放说了一些狠话，确实让人家下不来台，但当时的她也没有想那么长远，就希望他赶紧滚，眼不见为净。

现在有事求上人家，周放自然得装孙子。

包厢里坐了一桌人，多是金融圈里的，只有一个房地产公司的老总和周放一样，都是来找郭行长求贷款的。在座的人都是各怀目的，彼此心照不宣。

众人饭桌上谈论的那些东西，周放不是太懂，也没心思听。她坐在郭行长身边，那肥头大耳的老畜生，借着灌了点儿黄汤，时不时伸手过来占便宜，摸了手臂拍大腿。

周放猜到会有这种情况，因此特意穿了长的西装裤，然而还是没能躲开他的肥爪。

咬着牙忍着恶心，周放笑眯眯地给郭行长倒酒。她全程假笑，尽了十二分的力虚与委蛇。大概是酒喝多了，郭行长肚子越撑越大，一把握住了周放倒酒的手，色眯眯地说："我去上个厕所，一会儿回来接着喝。"

周放脸上笑着，手上用力抽了一把，这才摆脱了郭行长的钳制。

手上黏糊糊的，感觉好像刚摸了鼻涕虫，周放觉得恶心极了。

郭行长去上厕所了，周放得到了短暂的喘息机会，赶紧倒了杯白开水来喝。

一桌人三三两两地说着话，气氛好不热烈。正在这时，包厢的门突然被推开了，大家下意识地抬头看去，随后都噤了声。

白衬衣黑裙子的服务员领着一个人进了门。

嗒、嗒、嗒，来人复古的手工皮鞋踏在大理石地板上发出规律的声音，每一步都走得很稳。他缓慢地走了进来，脸上是让人看不懂的笑意。

"宋总？哪阵风把你吹来了？"桌上已经有人认出了宋凛，立刻笑眯眯地站了起来，“这是打哪儿刚喝完的？”

宋凛手臂上搭着西装和领带，上半身仅穿着一件白衬衫，扣子随意地解开了两颗，露出了脖颈以下的胸膛，看上去清朗闲适，倒真像是从哪个场子上刚下来的。

“相请不如偶遇。”宋凛自然地看了众人一眼，微笑道，“一起？”

怎么可能会有人拒绝他？他可是宋凛啊！众人喜笑颜开地把他迎了进来。

周放撇了撇嘴，不满地瞪了他一眼，暗骂：可耻，真可耻。

宋凛假意环顾室内，最后看了一眼周放旁边的空椅子，径直走了过去。

周放看穿了他的目的，在他走过来的途中一直对他使眼色，示意他别过来。但他却好似没看到，微笑着，就如阎罗王降临一样走了过来。

宋凛的手刚碰到椅背，就被周放的手挡住了。她指了指椅背上挂着的衣服，很礼貌地对他说：“这里有人了。”

宋凛眯了眯眼，直接把衣服移到旁边的椅子上，然后很不客气地坐了下来。

在周围人质疑、猜测的目光中，宋凛抿唇一笑，坦荡地说道：“最近和周总有点儿生意上的来往，有点儿事要问。”

整桌就周放一个女人，不管宋凛是问生意上的事还是私事，从他坐在周放身边开始，在场每个人的心里都已经勾勒出一个故事了。等这顿饭吃完，谁知道外头又会有什么传言？

周放越想越气，双手捏紧拳头才克制住自己发火的冲动。虽然她心里已经临时开了个法场，把宋凛凌迟了一万遍，但是大家看着她的时候，她还是保持着微笑。

几分钟后，包厢里又恢复了之前的热络气氛。见大家的目光不再落在二人身上，周放压低了声音，恶狠狠地质问宋凛：“故意捣乱的？”

不管周放多气愤，宋凛始终气定神闲。他轻轻晃了晃酒杯，抿了一口酒，又将酒杯放下，淡淡地瞟了她一眼："我吃多了？"

"你说不是故意的谁信？我找郭行长有事，那么多位置，你非要霸着他的位子，一会儿他回来了坐哪儿？"

宋凛放松了身体，往椅背上靠了靠，表情始终悠然自得："一会儿他回来了，你的位置让给他不就行了？这可是拍马屁的好机会。"

周放简直要被他气炸了："那我坐哪儿？"

宋凛挑了挑眉，眼睛直勾勾地盯着周放，最后拍了拍自己的大腿："坐我腿上？"

周放的手刚要拍上桌子，郭行长就回来了，她只得硬生生地把怒火压下去。

看到衣服被移了位置，郭行长既没有诧异也没有生气，只是一门心思地巴结宋凛。

钱真是好东西，能把人变成狗。瞧郭行长那狗腿样，周放就算满腹经纶，也找不到合适的词来形容。

不就是有几个破钱嘛，有那么大的影响力吗？周放忍不住对宋凛的后脑勺翻了个白眼。

两个多小时过去了，大家终于有了酒足饭饱的迹象，有人提出散席，其余的人纷纷跟着站了起来。

郭行长被周放灌得有点儿多，司机来接他，他才摇摇晃晃地拿着衣服要走。周放手疾眼快，赶紧趁机追了上去："郭行长，我今天没开车，你顺路送送我吧。"

周放极少使用这种声音，宋凛听了，忍不住嘴角抽了抽。

郭行长和周放出去后，一直坐在宋凛不远处的一个男人谄媚地移到了宋凛身边。

"宋总走吗？宋总喝酒了吧？要不要我送你？"

宋凛不想与他搭腔，不耐烦地挥了挥手，视线仍然落在周放离开的方向。

这女人，总是能做出一些让人出乎意料的事。让郭行长送她回家？所有人都知道，他们这么一出去是要去哪里。

那前来搭讪的男人之前大约也听过一些宋凛和周放的流言，压低了声音问："周总跟郭行长走了，宋总该不会介意吧？"他说完瞪大眼睛，一脸惊讶的神色，"难道传闻是真的？"

宋凛没有说话，只是忍不住皱了皱眉。过了几秒，他倏然站了起来，随手拿起自己的衣服，始终一副拒人于千里之外的高冷姿态。关于周放和郭行长一起走的事，他只漠然地说了五个字。

"关我什么事？"

说实话，周放觉得这种感觉并不好。

跟着郭行长出了包厢，见四下无人，她诚恳而老实地说明了来意，请求郭行长在非常时期能予以方便，给她的公司帮帮忙。

两人并排走着，周放往右侧看了一眼，正好能平视郭行长那写满欲望的眼睛。周放身高不过一米六五，穿个五厘米的高跟鞋，居然就和他一般高了。

这货又矮又胖，长得像个土豆，也好意思好色。

他负手站着，挺着个大肚子，一副领导样儿。对于周放的话，他好像没听见一样，打起了太极："这事在这儿不好说，都是圈内的人，敏感。我们找个喝酒的地方慢慢谈？"

此时此刻，两人并排坐在车后座，明明是宽敞的车型，郭行长偏偏往周放的方向挤，暗示得极为明显。

要不是为了公司，周放根本不想和这些圈内人打交道。在商场上，女人要吃的亏太多了。以往周放有爸爸帮着，汪泽洋挡着，周放哪里面对过这些不要脸的老流氓？此时此刻，周放忍着恶心往角落里钻，想着如果一会儿他要是实在不肯帮忙就拉倒。

郭行长的车从停车场驶出去，停在出口处排队。

前面停了四五辆车，这老色坯脸都不要了，一只手已经摸上了周放的大腿。

周放的手指紧紧地掐着自己的包，觉得自己几乎要爆发了。

嗒、嗒。

周放正烦着，身侧的车窗被人敲了两下。周放和那老色坯闻声同时抬头。

司机降下了车窗，周放看见宋凛毫不客气地探过头来，笑眯眯地对周放旁边的人说：“我的车不知道怎么回事，打不着火了。我和周总住一个小区，郭行长也顺便送送我吧。”

郭行长看了周放一眼，又看了一眼宋凛，表情有些尴尬。过了几秒，他心有不甘地点了点头：“当然可以。”

得了准许，宋凛毫不客气地上了车。明明车的副驾驶座是空着的，宋凛却硬是挤进了后座，周放推也推不动，最后让他得逞了。

两个大男人，一个个儿高块儿大，一个肥头大耳，瘦瘦的周放被夹在中间，几乎动都动不了，她无法形容那种奇怪的感觉。

周放看看身边的宋凛，明明是他给别人带来了困扰，他老人家倒是自在得很。

五行宴离周放所住的小区也没多远，半小时就到了。

车停下时，周放正想着该怎么说才能在宋凛眼皮底下顺理成章地再跟郭行长去谈事。却不想宋凛根本不等她想好，车门一开，他下车时“顺便”大力地把周放给扯了出来。

周放对宋凛这一招毫无防备，猝不及防地被拉下了车。

这会儿人都出来了，也找不到理由再回去了，周放只能神色尴尬地对郭行长表达歉意：“郭行长，那我们下次再谈，今天我就先回去了。”

周放再看郭行长，那脸色明显就是憋着气呢。

周放心一沉，心想这还没办成事，先把人给得罪了，后续还怎么找他贷款？

郭行长的车扬长而去，只留下两排尾气熏得周放头疼。她蓦地回过头，宋凛他老人家居然还没滚，站在那儿等她呢。

路灯下，昏黄的光影给宋凛镀上了一圈金棕色，他微微低头看着周放，脸上满是奸计得逞的笑意。

周放看到他就气不打一处来，完全不想再理他，转身就往家里走。

宋凛两步跟上来，抓住周放的手臂不让她走。

他脸色一沉，明显不悦地问道："你生气了？"

这不问还好，一问就跟点了炸药一样，周放转过身，劈头盖脸地一顿骂："姓宋的，你到底想怎么样？

"什么怎么样？"

"你从中作梗，有意思吗？"

"不让你去陪他睡觉，是从中作梗？"

周放听到那粗鄙的字眼，脸瞬间就白了。在他眼里，她周放到底成什么人了？

周放再也顾不得形象，叉着腰指着宋凛的鼻子大声说道："人家请我喝杯酒，怎么就成睡觉了？姓宋的，你可真是好手段，我指望他给我办事，现在你这么一闹，人家不高兴了，要是给我使绊子怎么办？"

宋凛皱着眉，一字一顿地冷冷说道："他不敢。"

"他专管我这种升斗小民，人家凭什么不敢啊？"

就在周放气急败坏的时候，她听见了宋凛的话，字字清晰，落地有声。

"凭你是我的女人。"

皓月当空，夜风袭来，吹动了小区里的树，沙沙的声音扰乱了周放的思绪。

她呆愣地盯着宋凛，嘴唇动了动，半晌只憋出了一句话。

“疯了吧你！”

周放抓着自己的包，下意识地想要逃走。

见周放转身要走，宋凛一把抓住了她。他看向她的眼神十分失望，也十分气愤。

“你是多想和他睡觉？”宋凛眼眸深沉,周放第一次看见他生这么大的气，“我一个人满足不了你？”

宋凛口不择言的话彻底激怒了周放，她只觉得有一股火从她脚底烧到了头顶。她拿起手里的包就甩了过去，砸在了宋凛身上：“你脑子有病！”

宋凛狠狠地抓住了周放挎包的链条，轻轻一扯，惯性使然，周放被硬生生扯到了他的面前。

“你敢说你不知道他想干什么？”

“知道又怎么样？我是单身，他也是单身，我们凭什么不行？”

“周放，”宋凛冷冷地喊着她的名字，“谁对你好，你心里没数？”

周放瞅了他一眼，冷冷地说：“确实没树，只有花，还是桃花。”

宋凛这个人，气极了也不会表现出歇斯底里的样子。

他站在周放面前，一动不动，白色衬衫的领口因为拉扯变得有些皱。周放本能地想给他理平，但她控制住了自己的手。

宋凛最后什么都没说，冷漠地甩开了周放挎包的链条，转身就走。

这一晚，两人再次不欢而散。

那天之后，接连三天周放都没有听到宋凛的消息。

第四天，周放让助理再次约郭行长吃饭赔罪，如今这节骨眼儿上，也只有郭行长手里那个走了一半的贷款申请希望最大。

助理联系好了时间，到办公室来向周放汇报。

“郭行长对我们有点儿爱理不理的，您的邀请他同意是同意了，但是时间定在一个星期以后。”助理撇了撇嘴又说，“还有件事。”

“嗯？”

“宋总的秘书最近老是打听郭行长和您的事，我看他们有点儿不太正常。这次这事他们本来就不干净，现在连我们贷款的事也想掺和，是不是想使坏啊？”

周放听完这个消息，正在批文件的手停了停。她抬起头，又确认了一遍：“是宋凛的秘书在打听？”

“对啊，我感觉他们是不想让郭行长贷款给我们。”

周放手里的钢笔戳在纸上，留下一个小小的墨点。

半晌，她意味深长地一笑，对助理说：“订个酒店，公司聚餐。”

“这时候了还聚餐？这批货的事可怎么办啊？”

周放套上了钢笔的笔套，对助理挥了挥手：“知道了，我会处理的，出去吧。”

郭行长同意吃饭的消息传出不过半日，周放就迎来了新的转机。

宋凛的秘书带着合同亲自来了公司，April 决定把周放手里的这批侵权成衣全部买下来，为爆款做储备货源。

周放拿到合同，没有太过惊讶，只是微微抿了抿唇。

当晚周放就带着公司的人去聚餐了，这段时间大家的压力也是快要爆表了，需要释放。

晚上喝得烂醉的周放一路唱着歌回了家。

灯光迷人，不出周放所料，宋凛果然等在电梯门口。

她笑眯眯地看着他，毫不理会他铁青的脸色，拿着钥匙准备开门。

门刚一打开，周放就被宋凛用力地推了进去。

周放踏在玄关的地毯上，弯腰正要脱掉高跟鞋，宋凛已经一把将她抱了起来，砰的一声，狠狠地将她抵在墙上。

周放下意识地抱住他的脖子，低头看着他，一动不动。

宋凛一挥手，将周放手里的包扔出去好远。

周放忍不住笑道："那是爱马仕的包。"

宋凛死死地盯着她，目光咄咄逼人。

"你故意的？"

周放今天心情特别好，一直笑眯眯的，两条细瘦的长腿像蛇一样盘在宋凛腰上，双手自然地环住了他的脖子。

她低下头，奖励似的吻了吻宋凛的鼻尖。

她的嘴唇一寸一寸地往旁边移着，最后停在宋凛的耳畔。她咬着宋凛的耳垂，用撩人的声音说："我和自己打了个赌，事实证明，我赢了。"

周放得意扬扬的表情让宋凛感受到了前所未有的挫败。他心浮气躁地扯了扯领带，直勾勾地盯着周放，眼中满是情欲。

"赢了我的女人，我通常会把她收拾得很惨。"

"哦？"周放满不在乎地看着他，脸上毫无惧意，"怎么个收拾法？"

"睡服。"

周放笑道："我倒是要看看，你能不能'睡服'我。"

宋凛粗鲁地扯开周放的衣领，露出了内里的黑色胸衣以及那条深长的沟壑。

他一口咬在周放的锁骨上，恨恨地说道："我向来说到做到。"

周放始终记得宋凛对她说过的话——感情用事的人不会成功。

当周放真的把自己和宋凛的关系看成简单的男女关系之后，她反而走出了之前一直困扰她的囹圄。

她必须承认，是宋凛那一晚的反应，让她想到了之后的绝地反击。

这不是她赢得最漂亮的一次，却是让她心情最好的一次。

这个结果至少证明了，从头到尾，不是她一个人在心动。

迸发的荷尔蒙撩动着心跳，宋凛的头深埋在周放的颈间，周放的耳畔是他失控而粗重的呼吸声，一下一下，撩动着她心底最原始的欲望。

宋凛没有耐心去解剩下的扣子，用力一撕，直接扯破了周放的衬衫，她笑着捶了一下他的肩膀。

宋凛不在乎周放报出来的是爱马仕还是香奈儿，他只知道眼前的这些东西很碍事。

周放贴身的 A 字裙被推到腰间，腿上轻薄的黑色吊带袜对此刻的宋凛来说，是难以言喻的绝佳诱惑。他一手扯着袜子的扣子，一手抚上周放胸前的柔软。

隔着黑色的无痕胸衣，宋凛坏笑着问："这又是什么牌子的？"

周放勾着宋凛的脖子,凑在他耳边低声而缓慢地说着:"维多利亚的秘密。"

宋凛的手从胸衣的边缘探进去，粗粝的指腹触到周放胸前的软肉，两人都忍不住深吸了一口气。

宋凛的吻从她的额心一路向下，最后落在胸口的深沟之间。

"我倒是想看看，你这个女人到底有什么秘密。"

周放的头发被汗打湿，黏在两鬓，汗涔涔的身上紧贴着一具火热的男人身体。常年的锻炼让宋凛肌肉紧实，手臂有力。

地上全是周放衣服的碎片，今天这个男人的出现，从一开始就充满了破坏力。

整个过程都太失控了，失控到周放自己都不记得是什么时候被他扔上了床。

他紧紧地抱着她的腰，两人的距离是那样亲密，亲密到周放觉得自己的灵魂都要跟着他走了。

周放所有的感官，身体的每一个毛孔，都因为这个男人每一个细微的动作而战栗着。

他像一把燎原之火，在她的身体里燃成熊熊之势，好像要把她灼烧成灰烬。

周放觉得身体好像不再是自己的了，除了攀附着他的肩背，她不知道还能做什么。

宋凛俯下身，额头抵着周放的额头，他额上的汗滴落在周放的眼皮上，她眨巴着眼睛，半天都没能睁开。

他吻了吻她的鼻尖，然后辗转着吻到她的嘴唇上，周放在恍惚中听见这个男人说道："睁开眼，看着我。"

周放抹掉眼皮上的汗滴，缓缓地睁开了眼睛。

眼前是宋凛放大的五官，他的眼中盛满了难言的温柔。

他说："记住我，我是宋凛。"

其实在此之前，周放也没有十成的把握宋凛一定会接招，所以当宋凛真的要把她的货全买下来的时候，她的心里是有一种异样的感觉的。

那是一种危险的感觉，像走钢丝、蹦极，像这世上一切高度危险的运动，让人既好奇又害怕。

棋逢对手，势均力敌，不论赢或者输，都充满着不可预知的刺激。

进房的时候太激烈，什么都顾不得了，窗帘也没拉。清冷的月光透过玻璃窗照射进房间里，微光让房间里的陈设都显现出浅浅的轮廓。

宋凛睡着了，月光勾勒着他的身影。周放半靠着床头仔细地看着他，手指轻轻地描摹着他的样子。

剑眉、高鼻、薄唇，最后又回到那双任何时候都让周放看不明白的眼睛上。

也许是被月光蛊惑了，在周放还没反应过来的时候，她已经低头吻了他的眼睛。然后，她被自己的举动吓到了。

她在做什么？疯了吗？

早上九点的阳光暖意融融，将周放晒醒，她睁开眼睛的时候宋凛已经不在了。

若不是一地狼藉，她甚至有点儿怀疑昨晚的一切是自己喝醉酒后的一场梦。

宋凛习惯了早起健身，之前周放也碰到过几次。

这个男人比她想象的更自律，也难怪都三十四了，身材还保持得那么好。

周放从冰箱里拿出一瓶矿泉水，脑中还在回忆着昨夜的片段，不知不觉就喝了大半瓶。

看着半空的水瓶，周放这才发现，原来她这么渴。

例会开了一下午，结束会议，周放回到办公室，办公桌上堆满了文件。

这一段时间大家都在忙那批货的事，如今危机虽然解除了，但是因为要给 April 供货，后期的质检、物流环节都需要周放的公司来处理。

需要周放把关、拍板的事堆积成山，她看了一眼时间，心想，看来今天注定要加班了。

一直忙到快九点，周放才把送上来的所有文件初步看完，做了基本的批注。周放收拾东西离开公司的时候，整个公司只剩下值班的保安和她了。

人在疲倦的时候真的看不得脏东西。

所以当周放出门后看到汪泽洋的时候，她下意识地就往相反的方向走，想要眼不见为净。

可她还没走出两步，就被汪泽洋给堵住了。

不知道汪泽洋是打哪儿来的，喝得烂醉，他一靠近，周放就忍不住用手掩鼻。

她皱着眉问道："请问你有什么事吗？"

汪泽洋目不转睛地望着周放，眼中有眷恋有不舍，有后悔也有遗憾："我要结婚了。"明明是喜事，他的语气却有几分不甘，"新公司出了问题，需要沈培培家里的帮助。"

周放往后退了一步，鄙夷地上下看了汪泽洋一眼，忍不住嗤笑："恭喜你，眼看着人往中年走了，居然还能吃上软饭。"

好似习惯了周放的冷嘲热讽，汪泽洋眉头都没有皱一下，他只是一直不舍地望着她："周放，如果我求你，你会回到我身边吗？"

周放不屑地乜了他一眼："我疯了吗？"

两人还没说上几句话，情绪激动的沈培培不知从哪儿钻了出来。

她不分青红皂白地指着周放的鼻子就开始骂，全然没有第一次见面时的淡定优雅，如泼妇一样，甚至想对周放动手。

"周放，你要脸吗？勾引别人的男人！你现在都跟宋凛了，为什么还不肯放过我们家洋？"

"我们要结婚了！"她恨恨地向周放展示着手上的戒指。

那么大一颗钻石，真够闪的。周放冷笑着看了汪泽洋一眼，什么都不想说了。

周放绕过这对狗男女，想尽快回家，却不想沈培培不依不饶。

她一把抓住周放的肩膀，大声说："你今天给我把话说清楚！你到底要怎么样才肯放过洋！只要你不再纠缠洋！想要什么？你说！"

"放——"周放的"手"字还没说出口，沈培培的手已经被高高抓住。

周放抬起头，这才看清来人。

宋凛怎么到她公司来了？

宋凛扭着沈培培的手臂，脸上始终带着笑意，眼中却是蚀骨的冷意。

“小姐，”他看了一眼不远处的汪泽洋，毫不掩饰他的不屑和鄙夷，“你觉得，她跟过我，还能看得上你老公吗？”

第七章
再历情劫

沈培培被宋凛噎得很没面子，哼了一声拉着烂泥一样的汪泽洋走了，总算还给周放一片清净。

跟着宋凛往车的方向走，看着他挺拔的背影，周放心底有一瞬间的柔软。

上了车，周放低头扣着安全带，好奇地问宋凛："你怎么来了？"

宋凛开着车驶出了停车场，淡淡地答道："你公司送来的宣传册有点儿问题。"

周放诧异地说道："这点儿事需要你亲自来？"

宋凛交完停车费，将车开上了喧嚣的大道，始终目不斜视。

"顺路。"

工作日晚上九点以后主干道就不堵了，没一会儿宋凛就将车开回了家。

两人优哉游哉地散着步往家走，宋凛解开了西装的纽扣，双手背在身后。月光下，他的侧脸轮廓分明，英俊而迷人。

两人全程聊着公司那批货的问题，没有剑拔弩张也没有硝烟四起，不管周放说什么，宋凛都只是点点头，或者说个“嗯”字。两人之间的气氛好到好像在谈恋爱一样，周放觉得自己的心跳有些难以控制。

宋凛把周放送到楼下，没有再跟上去。

周放有些疑惑地问道：“你不回去？”

“不了，”宋凛摆摆手，“今天不住这里，还有点儿事。”

周放看了他一眼，原本还想说什么，但最终还是觉得不太合适。

“那你慢走。”

走进公寓，周放看见楼下接待区的沙发上坐着一个不速之客。

她忍不住皱了皱眉头，走到那人面前，居高临下地看着他，脸色冷峻：“你怎么在这儿？”

见周放过来，霍辰东才不紧不慢地合上杂志站了起来。

“毕业六年，班里要搞一次同城同学的聚会。”

周放有些抗拒：“这种事需要你来通知我？”

霍辰东微笑道：“是我组织的。”

周放知道，霍辰东现在想吃回头草的火苗正旺，不早点儿灭了，后面烦的地方更多。她看了一眼时间，对霍辰东说：“我们出去聊聊吧。”

两人一前一后，刚走出公寓，就看到去而复返的宋凛。三个人迎面相遇，都有些尴尬。

宋凛直勾勾地盯着周放，表情冷峻，目光清冷。

周放有些惊讶地问道：“你怎么又回来了？”

“回来拿点儿东西。”

“哦，我出去有点儿事，那我先走了。”

周放也没想太多，只想快点儿把霍辰东“K.O.（击倒）”出局。

周放走过宋凛身边的时候，宋凛一把抓住了她的手臂。周放回过头来看着他，表情有些疑惑。

“怎么了？”

“你去哪儿？”

周放压低了声音：“和他有点儿事说。”

宋凛看了一眼时间，眼眸又沉了几分：“你确定要这个点儿去？”

内心坦荡的周放反问道：“有什么问题吗？”

宋凛看了等在一旁的霍辰东一眼，又看向周放，最后放开她的手，冷漠地说了三个字：“随便你。”

许多年没有和霍辰东一起出来过，周放总觉得每个细节都有种恍若隔世的感觉。

他还记得她最爱 Lemon lime bitters（柠檬酸橙酒），她喝不了酒，独爱柠檬、雪碧和苦酒的混合味道。

凭着记忆，霍辰东点的东西都是周放喜欢的，就在服务员要下单的时候，周放伸手拦住了她。

她看了霍辰东一眼，那一眼隔着许多岁月变迁和记忆中难以散去的爱与恨。

她没想到自己还有如此平静的一天，曾经她以为除了霍辰东，她不会再爱上任何人。

“我已经不爱这些了。”她没有再看菜单，随意地说道，“一杯 Moscato（莫斯卡托），谢谢。”

服务员走后，霍辰东良久都没有说话，只是有些受伤地看着周放。

“这几年，你的口味倒是变了很多。”

“那是自然的。”

两人相对无话。霍辰东的视线落在桌上的店名LOGO（标志）上："这店名倒是有意思，'Sleepless in Seattle'。"

进来的时候，周放倒是没注意店名，原来是用了那部著名的电影的名字——《西雅图不眠夜》。

霍辰东笑笑，意有所指地对她说："电影里有一句经典台词，'Destiny takes a hand（命中注定）'。"几年的留学经历让霍辰东的美式发音非常迷人，他抿了抿唇，问她，"周放，你相信命中注定吗？"

周放抬起头看着霍辰东，确定自己的心真的再不会因为他泛起什么涟漪，才慢慢地回答道："这电影我也看了很多次，电影里还有另一句经典台词，'Your destiny can be your doom'，命运也许会变成厄运。"周放的脸上始终带着笑意，"这么多年，我唯一确定的是，你是我青春里最坏的运气。

"霍辰东，好聚好散，别再纠缠不清了。"

等不及酒上桌，周放已经起身。此时此刻，她只想回去睡觉。

"周放！"

霍辰东起身想拉她，却被她冷冷地避开了。

"我离开这么久，你没有遇到对的人，没有嫁人，这就是命运给我们的安排，不是吗？"霍辰东态度无比坚决，"我不会就这么放弃的。"

周放平静地瞥了他一眼。

"当年我担心你去了国外会变心，我们之间的距离会因为见识、经历的不同越来越远。说到底还是我不自信吧，你那么好，而我这么平凡。这几年我把自己活成了你的样子，我坚强了，也自信了。"周放抿唇，"我必须承认，你走以后，我找回了自己，但是同时，我也不再需要你。"

"我真羡慕你，这把年纪了，还活得这么文艺。"周放顿了顿，最后说道，"别再找到我家里来了，同学聚会这种小事，把地址发我手机上就行了。"

"周放。"

“再见。”

周放走得很洒脱，没有一丝犹豫，甚至都没有回头看一眼被留下的霍辰东是什么表情，那些都是她不在意的了。

青春里的伤痛最后成了一道疤，伤口愈合了可还是留下了痕迹，但总归是不会疼了。

不得不说，说完那些深埋在心底的话，周放觉得无比轻松，好像放下了一直背在身上的重负，现在的她只想仰头对天空呐喊。

但是现在是晚上，她可不想被当成神经病。

站在电梯里，看着镜中自己的影子，周放感触颇多。

还有两年就要 30 岁了，周放感到时光将她锤炼成了另外一个自己。现在她所拥有的一切，都不是她过去想要的，而这些即便不是她过去想要的，她也不会放手了。看，人是多么奇怪的动物。

刚一跨出电梯，她就看见了宋凛的身影，他穿着家居服，不知是一直等在电梯口，还是正准备出去。

周放看他换了家居服，有点儿错愕：“你怎么又住这边了？不是有事吗？”

宋凛冷冷地看了她一眼，爱搭不理的样子。

“怎么了？”

宋凛态度冷漠，也不回答，转身进了屋，砰的一声把门关得震天响。

周放觉得莫名其妙，不明白自己又怎么招惹宋大爷了。

周放洗完澡本来准备睡觉，结果肚子有点儿饿，又起来进了厨房。

家里什么都没有，除了冰箱冷冻层里的一个半加工比萨，家里的烤箱周放还从来没有用过，琢磨了半天才把比萨烤上了。

她转身去吹头发，刚吹了五分钟不到，家里突然就黑了。

周放诧异不已——这房子可是高级公寓，又不是大学寝室，怎么用个吹风机还断电了？

她开着手机手电筒，在电路开关那里研究了半天，最后不得不放弃自己琢磨，转而去向对面的男人求助。

周放有些忐忑地敲响了对面的门。

门开了，宋凛一脸不耐烦地站在门后。

周放意识到今晚宋凛心情不好，两人只要四目相对，他必然眼不是眼、鼻子不是鼻子的。她心里直犯嘀咕，宋凛的反常，难道是因为她和霍辰东出去了？

“有什么事吗？”宋凛问。

“我家里好像跳闸了，我弄不好。你能不能帮我看看？”

宋凛看了一眼周放家的方向，冷漠地说道：“叫物业吧。”

周放抬头看了他一眼，他不肯帮忙，她也不好勉强：“那好吧，打扰了。”

说完她转身就要往电梯门口走。

周放身上穿着一套戴帽子的运动风格家居服，宋凛手一抬就抓到了她的帽子。

宋凛一拎一提，就把周放拉进了他的家。

宋凛面色冷峻地盯着她，那眼神仿佛要把她的脸盯出一个洞。

这男人，完全是一个暴君，实在是太喜怒无常了。

周放缩着身子背靠着墙，小心翼翼地问他：“干吗？”

宋凛气势汹汹地抓住了周放的肩膀，还不等她有所反应，就低头狠狠地亲了下去。那动作和力度，完全像恶狗啃食一样。

周放被他的动作弄疼了，挣扎着推开他，气愤地说道：“你狂犬病犯了吧？！”

宋凛还不解气，重重地咬了她一口：“我怕你不记得疼！”

周放死死地瞪着宋凛，终于明白过来，他的反常来源于何事。

她承认，她心里对这个男人是有感觉的，但这感觉还没有多到可以让他随意触碰她的过去，那是她不想与人诉说的部分。

“你想我怎么疼？你觉得我还没疼够？”

“周放，你根本不懂。”

周放毫不示弱：“我应该懂什么？宋凛，你今天以什么立场生气？”

她强迫宋凛看着她，一字一顿地问他：“你爱上我了吗？”

空气里好像有一根绷得很紧的琴弦，已经经不起任何人的撩拨，一碰就要断。

周放直直地盯着宋凛，不让宋凛有一丝一毫逃避的机会。宋凛的眼神有一瞬间的慌乱，她在等待他的回应，但良久，他只是淡漠地回答：“你教我怎么爱？我不会。”

周放承认，她感到了一丝失落，但她始终是那个要面子的周放。

她抿唇微笑着，若无其事地回答道：“中年男子就是无趣，经不起逗。”

之后的一周，周放都在公司加班，忙起来就在公司里睡，不管有意还是无意，那之后她就没有再给自己碰见宋凛的机会。

等到她觉得自己又找回了元气，才能平静地回到那个位于宋凛家对面的房子。

周放想了很多种再见宋凛的画面，她甚至想好了应该以什么姿态、表情，说什么话才能维持她的骄傲。令她想不到的是，当她从电梯里出来的时候，并没有看见宋凛，却在宋凛家门口看见了抱着书包蹲在那儿的宋凛的女儿——宋以欣。

15岁的孩子，再怎么叛逆，再怎么模仿大人，骨子里始终是个小姑娘。不知道她怎么来的，也不知道她等了多久，见她可怜兮兮地蹲在那儿，周放有点儿于心不忍。

“你怎么蹲在门口？没给你爸打电话？”

比起周放的镇定，宋以欣看见她的反应则大了很多。她一蹦三尺高地从地上跳了起来，也顾不得抚平衣服，两步跨到周放面前，一脸要吃人的表情：“你怎么住在这儿？是他给你买的房子？”

这个“他”自然指的宋以欣她爸，宋凛他老人家。

周放觉得她的质问有些好笑，但想想她只是个15岁的孩子而已，自己本是好心，既然宋以欣态度恶劣，也懒得管她，直接从包里拿出钥匙开门。

周放踏进自己家，刚要关门，就听见门口的宋以欣问：“喂，你家里有没有吃的？”

她说话的态度那叫一个趾高气扬没礼貌，真是有其父必有其女。

周放斜靠在自家大门边儿上，气定神闲地看着宋以欣，脸上有淡淡的笑意：“一般讨饭的人，态度可好了。”

宋以欣听完立刻变脸：“你说谁是讨饭的？！”

周放努了努嘴：“难道你现在不是在讨饭？”

“你……”宋以欣正要发脾气，一直饿着的肚子突然长长地叫唤了一声。孩子毕竟是孩子，关键时刻还是懂得服软。她鼓着腮帮子，虽有不服气，但还是收了脾气，很是乖巧地对周放说，“阿姨，我饿了一天了，你家里有吃的吗？”

周放慈眉善目地回答：“没有。”

宋以欣再次爆炸：“你耍我？！”

周放闲适地抠了抠指甲：“不过我倒是可以给讨饭的下碗面。”

“……”

宋凛近来回这套公寓的频率有点儿高，高到不管是司机还是秘书都是问都不问，直接把他往这儿送。

宋凛下车的时候有种异样的感觉，从电梯出来，他的第一反应是看了看对面紧闭的大门，然后走到自家门口，拿出钥匙去开门。

宋凛还没进屋，对面的门就开了，宋凛闻声回头，正好看见周放打发叫花子一样把他的女儿推出了门。

“你爸回来了，滚回自己家去。”

宋以欣虽然对周放的恶劣语气多有不满，但是宋凛在跟前，她也没有太过放肆。

宋凛看了周放一眼，她还是寻常的样子，一头微卷的头发蓬松地披在肩上，看上去十分慵懒。她媚眼如丝地对他勾唇笑了笑，笑得他肾上腺素直飙。

这女人！

回了自己家，宋凛拎着女儿的书包往里走，他沉声问道：“吃饭了没有？”

宋以欣回到家就直接爬到沙发上躺着，一头绿色的头发格外显眼。

“吃过了，对面那个女人给我下的面条，手艺一点儿都不好。”

“重新给你做点儿什么？”

宋以欣撇撇嘴：“那女人拿电饭煲下的，一大盆！要不是我饿了，我才不会吃那么多！”

宋以欣有多挑食，作为父亲的宋凛是清楚的。他创业多年，这孩子一直是他父母在带，隔代宠孩子，等他把宋以欣接到本城的时候，她已经被惯得无法无天了。

要不是她叛逆得把宋凛的母亲气到住院，宋凛也不会把她接到自己身边。

对于爸爸这个角色，他不会做，也做不好。

宋以欣很敏感，宋凛的冷漠和粗暴，宋凛父母生气时的口不择言，每个人都在她心里或多或少地留下过一些伤痕。作为成年人，谁也没办法真正探知这个 15 岁少女的内心，她多是凭本能行事而已。

他必须承认，这个孩子在宋家并没有得到足够的爱，变成今天这样，每个人都有责任。

他没想到一贯叛逆的女儿能乖乖地跟着周放回家，还吃完了她做的一电饭煲的面条。这种画面，饶是宋凛用尽了想象力也完全想不出，心底忍不住有些异样的感觉。

一看时间已经九点多了，宋凛抢过宋以欣手里的遥控器关掉了电视。

“去洗澡睡觉，都几点了！”

宋以欣对于看电视也没有执念，被他一提醒，突然从沙发上跳了起来，去找她的书包，从书包里拿出一大堆试卷递给宋凛。

“这些是要你签字的。”她用手指卷着自己的头发，眼睛不自然地转了转，“明天家长会，你记得去。”

宋凛皱眉：“前阵子不是刚开完，怎么又开？你们一学期开几次？”

宋以欣大约也知道这话忽悠不过去，只得老实交代：“我今天逃课被老师赶出来了，老师喊你明天去学校。”

宋凛觉得自己体内的血液好像成了汽油，而宋以欣则拿着一个火把，点燃了熊熊的烈火。他一张一张地翻着女儿递过来的试卷，全是三四十分。宋凛觉得自己要被气炸了。

“你在学校里到底都干了什么？我给你交那么贵的学费、住宿费，你只学会了和我顶嘴？”

宋凛拔高的嗓音一下子把宋以欣的情绪激起来了，她像被踩了尾巴一样和他顶撞道：“你管我了吗？你就会骂我，你还砸坏了我的手机。你从我出生到现在抱过我几次？你有一天把我当你的女儿吗？除了钱，你给过我什么？”

“你看看你的样子！”宋凛越想越生气，扯了扯女儿绿油油的头发，“宋以欣，如果你不是我的女儿，你早就被人打死了！”

宋以欣伤心地大吼：“如果可以，我一点儿都不想是你的女儿！”

宋以欣的歇斯底里让宋凛陷入了极度的沉默，他撕了那些碍眼的试卷，揉成一团丢进了垃圾桶，最后冷冷地说：“我送你去学雅思，你给我滚去英国读书。”

宋以欣怎么也想不到她这么大闹一通，不仅没有得到宋凛的关心，反而让宋凛下了要把她送出国的决心。一个 15 岁的小姑娘能有多倔强，一听要把她送去那么远的地方，哇的一声就哭了起来。

她跑回房间，拿家里的电话给她妈妈打电话。

十一位的电话号码宋以欣早已经烂熟于心，她总是在拨这个号码，虽然对方十次有八次不接。

电话好不容易接通了，刚听到电话那头的人说了一声“喂”，宋以欣就已经忍不住号啕大哭起来。

“妈,你回来吧！我爸有别的女人了,他不要我了,他要把我送到英国去！妈，求你了，你回来吧！”

“……”

情绪失控的宋以欣哭了许久，等她稍微平静了一些，电话那头的人才温柔地说起了话。

“以欣，你乖乖的，你爸说的是气话。”

“妈——”

嘟、嘟、嘟。

宋以欣还没说什么，电话已经断掉了，宋凛不仅挂断了电话，还直接把电话线给拔了。

他还锁了宋以欣房间的门，不管她在里面怎么拍怎么闹，他始终无动于衷。

宋以欣知道宋凛有多狠心，哭了一会儿就不闹了。在宋凛手上，她从来都讨不到什么便宜。

家里终于安静下来。

宋凛拿起手机走到阳台，外面是星光闪烁的暗蓝色天幕，广袤得让人找不到边际，也分不清方向。

手机通讯录里这个十一位的号码，他从来没有拨过，印象中仅有的几次通话、见面，无一例外全是为了钱。他最后一次和那个女人见面是什么时候？上次在咖啡厅遇见周放的时候？

嗯，对，那次她说她得了癌症。为了要钱，她每一次的花招都不同，想到这儿，宋凛忍不住冷笑。

宋凛拨通号码，电话很快接通。宋凛开门见山地道："她为什么有你的电话？你拿了我那么多钱，为什么还私下去见她？"

电话那头的人显然对他的质问感到生气："她是我的女儿，我凭什么不能见她？我是她的妈妈！"

宋凛冷嗤："当年你走的时候，你怎么不记得她是你的女儿？"

说起当年，电话那头的人沉默了几秒。

"我中专毕业后，家里拿了你们家六万元彩礼就强行把我嫁了过去，谁也没有问过我要什么。"她的声音含着哽咽，"那时候你有什么？你告诉我你毕业后准备回那个破镇子当老师，当老师能有几个钱？你父母那个破店又能有几个钱？那时候我才几岁？你去上大学，一年才回来十几天，你爸妈也没给我多少钱。我一个人在家里带孩子，我自己还是个孩子，你告诉我，我该怎么当好一个妻子、怎么当好妈妈？宋凛，你要我用我的一辈子守着你们家，这样对我公平吗？"

女人凄婉的声音不断地从电话听筒里传来，夹杂着沙沙的杂音。

“如果当初你就同意把我带出来，我会走吗？如果你早一点儿在这座城市创业，我会抛下我的孩子吗？你以为我不想她吗？”

宋凛觉得自己的心一定是石头做的，不管那个女人哭得多么伤心，他都始终没有任何情绪。

他握着电话，声音始终冰冷：“林真真，我最后一次警告你，别再见她，她还只是个孩子。”

电话那头的女人不甘地反问：“宋凛，你凭什么？”

宋凛轻吸了一口气，许久，他才冷漠地回答：“因为我不想让我的女儿，有一个像你这么不堪的妈妈。”

周放觉得奇怪得很，自从她上次碰到宋凛的女儿后，宋凛就有好一阵子不回这边住了。

她不禁想起当初宋凛秘书与她说的那些话。

宋凛这个人对感情冷漠、对女人随便、对事业心狠手辣，唯独对这个女儿，虽然教育不得法，但是是实打实地关心。

人人都有软肋，其实宋凛也不是真的没有弱点。

周末，周放本来准备回爸妈家吃饭，却不想被秦清一个电话给拦截了。

秦清也不问问周放有什么安排，说完要来就直接挂了电话。没一会儿，她就打了一个出租车火急火燎地到了周放家里。下车的时候大包小包的，一副逃难的样子。

事实上，她还真是来逃难的。

秦清近来惹上了情债，对方是一个她五年前认识的小弟弟。

周放边吃力地拖着秦清的行李箱往家里走，边没好气地问她：“这人到底是何方神圣，能把你逼成这样？”

提起这人，秦清也是一把辛酸泪，她轻叹了一口气："想我这几年万草从中过，片叶不沾身，如今居然被一个22岁的小男孩逼得有家不能回。"

"22岁不好吗？你不是一贯喜欢'小鲜肉'吗？"

秦清摇头说道："那怎么能一样？我只喜欢肉体关系。"

周放也顾不上累了，凑过来八卦道："怎么，这个还有精神上的？"

"说了你都不信。"秦清说，"五年前我不是刚离婚吗？当时我挺痛苦的，就在网上蹲论坛，然后认识了一个男网友，两人一聊聊了好久，挺有好感的，后来我就想约着见一面。"

"然后？"

回忆起从前，秦清这情场老手居然老脸一红："见面以后，发现那小伙子长得挺帅，个子也高，我当时比较饥渴，就把他往酒店里拐。"

"继续。"

"我衣服都脱了，觉得不能白睡人家啊，就问他：'你想要什么，我都能给你。'我可是从来不占便宜的，就想着这也算作为睡人家一晚的报答。"

按下电梯按钮，周放转过头问秦清："那他要了什么？"

"他说，他也没什么需要的，叫我给他写试卷。"秦清讲到这里，脸色变了变，"我看这孩子长得高，想着可能是个大学生，我也没毕业几年，要是同专业的试卷估计还是会做的。"秦清顿了顿，撇着嘴道，"结果你猜怎么着？"

"怎么着？"

"他给我拿了一沓试卷和一本参考书，我翻过来一看，《五年高考三年模拟》！"

周放觉得这故事实在有些荒诞，难以置信地问她："高三的？"

秦清痛苦地点了点头："17岁。"

周放终于忍不住大笑起来。

“前几天我去做投资，在投行里又碰到他了。这孩子现在在投行里上班，小小年纪都是业务骨干了，经理把我安排给他招待，我一开始没认出来，后来他就提醒了一下我。”

“然后就缠上你了？”

秦清无奈地点点头。

周放想了想，认真地说：“投行吧，年龄资历比较虚，多看背景和本事，听你的描述，感觉他外表、能力、经济条件都和你以往包的那些‘小鲜肉’不一样啊，很优质啊！”

说到这些，秦清毫不掩饰自己的欣赏之情：“那必须不一样。”

“要不你考虑考虑长期发展？”

秦清白了周放一眼：“我疯了吗？！他比我小6岁！我这不是祸害祖国的花朵吗？”

“以往你包那些小帅哥时，也没见你这么有人性。”

“那怎么一样？我那是替那些找不着谋生之路的‘小鲜肉’解决了就业问题。”

周放忍不住吐槽：“您老人家可真敢说。”

秦清逃难出来，走得太匆忙很多东西忙有带。放下行李后，周放就开着车带她到最近的Shopping Mall（购物中心）买东西了。

这片商圈是围绕着宋凛参与开发的楼盘而建的，集购物、休闲、娱乐、生活于一体，也带高了附近的房价。

超市在地下一楼，卖的都是进口商品，价钱比较高，逛的人不太多。秦清在找自己惯用的漱口水和牙线，周放的视线则落在了一旁的计生用品上，家里那盒安全套好像被宋凛用完了。

周放还没打算买呢，秦清已经绕过货架走了过来，看到周放在看安全套，嘴上自是没有好话。

“哟，看最大号的呢？”

周放白了她一眼：“去。”

秦清撇撇嘴道：“这男人可真抠，这玩意儿都要你买。”

秦清这满嘴跑火车的本领周放是了解的，为了防止她再说下去，赶紧扯着她去结账。

从超市出来，见很多人乘着扶梯往楼上走，秦清也非要拉着周放一起去凑热闹。

一楼的国际区域全是国际知名的一线奢侈品牌，此刻挤满了人，这让两人有些诧异——难不成是大牌打一折了？

挤进人群，她们才发现是某奢侈品牌进驻 Shopping Mall 的开张剪彩活动，品牌请来了新晋“95 后小花”来站台，该“小花”以“素颜女神”的称号走红，形象健康甜美，参演了几个小说 IP 改编剧，最近风头正劲。

很多人拿着手机一直在拍她，并且激动地喊着她的名字，现场人头攒动，声浪阵阵，这姑娘的人气倒是实打实的。

秦清看着现场的状况，感慨道：“靠脸吃饭就是好。”她戳了戳自己的脸颊，“老天爷不赏饭啊！”

周放推了一把她的额头，阻止她再胡说八道，拉着她往人群外围走。

“哎哎哎！等等！”秦清一把又把周放拉了回来，“你们家宋凛也在。”

周放回过头来，正看见宋凛拎着咖啡色的缎面彩带，优雅淡然地剪了下去。

现场掌声如雷，面对镜头，宋凛始终是那副高高在上的样子。他目光清冷疏离，隔着里三层外三层的人群，视线落在周放的脸上，周放不自在地抠了抠手指。

“他看我们这边了。”秦清笑着推了推周放的肩膀，“这么远还眉目传情。”

周放拍了秦清一下，正准备说话，就发现他只是淡淡地扫了自己一眼，停留的时间很短，很快就将视线移向了别处。周放脸上似笑非笑的表情甚至都没来得及收起来。

周放和秦清对视一眼，两人都有些自作多情后的尴尬，周放尤甚。

宋凛这人虽然经常有花边新闻，但是多是被偷拍。他为人素来低调，不爱参加这样的活动，怎么会好心给人家的品牌剪彩？

“最近看微博，April 代言人的合约到期了，这意思是不是下一季的代言人是这‘素颜女神’？”

周放远远地看了一眼宋凛，正看到商城屏幕上镜头拉近，那小明星自然地挽上宋凛的手臂，微微偏头靠向他的肩膀。面对突然靠上来的年轻女人，宋凛只是低头看了一眼，没有任何异样的表情。两人的脸一起转向相机，那小明星对着镜头灿烂地微笑着，宋凛则是一贯沉稳持重的模样，那画面看上去竟然没有一丝违和感。

“走了。”周放强扯着秦清离开，她不想承认自己在那一刻感到了一丝失落。

这种反反复复、忽上忽下如同坐过山车的感觉实在让周放没有安全感。

她从来没有和一个男人保持过这样的关系，不管是霍辰东还是汪泽洋，她都是堂堂正正地交往的。

女人的心和身体是一起的，就算周放再怎么嘴硬也不得不承认，她心里已经把宋凛当作自己的男人来依赖了。

待两人走远了，秦清终于忍不住骂道：“男人就是不自重，人家要靠就让靠。瞅瞅他那是什么眼神，跟不认识你一样，睡过就忘，记忆力比金鱼还差。”

秦清戳了戳周放的肩膀：“我早就和你说了，你有钱有人，玩儿那些‘小嫩草’多好？你呢，非要挑战高难度，去攀高峰。”

周放皱了皱眉："我攀谁了？"

秦清乜她一眼："你说谁？宋凛啊！"

此时此刻，这个名字让周放的心一沉，说话间，头不自觉地低下去看着自己的脚尖："我和他不是你想的那样。"

秦清用异样的眼光看向周放："放，你别告诉我你认真了。你知道宋凛是什么人吗？他在这个圈子里混了多少年了？哪怕是传绯闻，也没有哪个女人能坚持一年的！"

周放的眼睛看着自己的脚尖，许久许久，她才听见自己有些低落的声音。

"一年啊，那还挺久的。"

秦清恨铁不成钢地说道："你啊你！赶紧醒醒吧！"

秦清好不容易出来一次，又是来商场，怎么都不肯就这么空手回去，要求去做美甲。周放指甲短，对这些没什么兴趣也没有心情，提出自己去逛逛。秦清知道她心情不好，便随她去了。

名牌店的开业活动结束后，"素颜女神"乘坐保姆车离开了，那些粉丝都追去了停车场，商场里一下子空荡了许多。

其实周放也没心思逛，只是想一个人走走，她不想承认自己此刻的样子有些失魂落魄。

一个人走着走着，又走回了方才宋凛剪彩的品牌店，开业酬宾，里面的顾客远比一般的时候多。

周放也不知道自己是怎么走进来的，她挤在人流中跟着逛了逛，走进内区，人少了一些，她一抬头，远远地看见宋凛正在和里面的人说什么。

宋凛一抬头，正好也看见了周放，远远地与她四目相对，然后勾了勾唇，眼角流露出一丝笑意。他微微低头，不知道和人家说了什么，那人走后，他就径直向周放走来。

周放脑子有些乱，转身就想逃走。

没走出两步，她已经被宋凛拉了回来。

他对这家店的功能分区无比熟悉，两步一带就把她推进了试衣间。

这家店里的试衣间不算逼仄，比一般店铺的大出许多，宋凛将周放抵在墙角，两人靠得很近。周放能感觉到宋凛的呼吸悉数落在自己的头顶，这让她的脸颊也跟着烧了起来。

周放踮着脚，背紧紧地靠着墙壁。她从试衣间的镜子里看到了他们紧紧相贴的身体，以及宋凛脸上的一丝欣喜。

“怎么落单了？”他还是一贯轻描淡写的口吻，“你那朋友呢？”

周放觉得他身上带着别的女人的气味，视线也不自觉地落向他的左肩。

女人矫情起来真是可怕，可她无法让自己从俗套的矫情里跳出来。原来听说和亲眼看到真是两回事，她听到过许多关于宋凛的传言，可他和别的女人挽着手在她面前出现，这对周放来说是第一次。

他这不说话还好，一说话，周放立刻从混沌中清醒过来。她用力地捶了他一下，挣扎着要从他的怀里逃出来。

宋凛没有松手，只是低着头，看着周放在他怀里泥鳅一样地扭动，脸上带着几分笑意：“你这是闹什么别扭？”

周放推了他一把：“就是讨厌你这动手动脚的老流氓行径，不行吗？”

看着周放撇着嘴孩子气的举动，宋凛眼眉微弯。平日里淡漠疏离的男人，一笑起来却让人有种如沐春风的奇异感觉。

不难看出，此时此刻，他心情很好。

“还在为我上次的话生气？”宋凛一只手搂着周放的腰，一只手拍着周放的背，用逗孩子的语气说着，“怎么？这是要和我闹决裂啊？”

宋凛以为周放还在为上次他说“不会爱”的事而生气，她也懒得解释。

她被他困在怀里，动也不能动，看他哪儿哪儿都不顺眼，尤其是他左边的肩膀。

宋凛不提上次还好，一提周放更气，她猛地踮起脚，新仇旧恨一起爆发，毫不犹豫、绝不留情地张开嘴一口咬在了宋凛的肩膀上。

宋凛被咬了，既不躲闪也没有吃痛的表情。许久，他抬了抬肩膀，扯动的时候，明显的痛感让他忍不住皱了皱眉。他低头看了周放一眼，笑意颇浓。

“女人就是麻烦，爱记仇。”

周放恨恨地瞪了他一眼：“嫌麻烦你别找女人啊。”

宋凛坏坏地一笑，大手滑过周放的纤腰，落在紧实的臀部上，挑逗地一掐：“多了确实吃不消，还好只有一个。”

周放不想承认，宋凛随口一句哄女人的话就让她平静了下来。但她骨子里的骄傲和倔强还在，她挺着胸，不屑地睨了他一眼，别开头：“谎话精。”

宋凛对她淡淡地笑了笑，也不解释。

“你怎么会来这儿？”宋凛手上适时地松开了一些，眉毛微挑，“怎么，知道我要来剪彩，特意来支持你男人的？”

周放白了他一眼：“你自恋病又犯了吧？”

“刚才看到你我还在想，活动结束估计你就走了，没想到你又回来了。”他看了一眼时间，“为了和我一起吃饭？”

周放实在太佩服这男人自恋的本领，简直登峰造极，她忍不住揶揄他：“怎么，‘素颜女神’不和你吃？”

周放这话一出，宋凛脸上的笑容立刻变得意味深长起来。他冷冽的眸子眯了眯，低头看着她说：“我说怎么跟奓了毛的猫似的，原来是吃醋了。”

周放瞪大了眼睛：“我吃多了？”

宋凛故意用探究的眼神看了一眼周放的腰，很是认真地说：“确实吃得有点儿多。”

“嘁。”周放没心情和他斗嘴，转身要走，又被宋凛拦腰给抱了回来。

“上次你不是说我摔坏了你的包吗？”宋凛说，“择日不如撞日，给你买个新的吧。”

宋凛用手指了指外面：“要吗？”

周放不想被他抱着，也懒得和他再说下去，拍开他的双手，两步踏出了试衣间。

她本来已经要走了，想了想又折了回来——这男人，不能这么便宜他，得让他出血！

“我也不坑你，买一个意思意思就行。”

宋凛背靠着试衣间的镜子，双手环胸，他的眼睛微微眯着，右边嘴角勾起，看上去坏坏的。

“好。”

周放倒是真不客气，进了店里，不买对的，只买贵的，那一脸土鳖相让人家店员都有点儿无所适从了。

不管她怎么作，宋凛始终从容淡定，从进店到签单，一直维持着良好的风度，连笑容都和之前一般无二。

签完单，店员在低头包装，见周围不停有人向他们投来目光，周放感觉到一丝不自在，压低声音问宋凛：“怎么感觉这里的人都对你挺熟的，经常来啊？”

“这个购物中心，我也投资了一部分，入驻的品牌都要过我的手。”

周放点点头，心想，难怪他要在附近投个楼盘，奸商啊。

“怪不得别人找你来剪彩。”

宋凛将手肘靠在柜台上，整个身子微微倾斜：“找我剪彩，是因为我是几个投资方里唯一的脸面。”

周放又是一个白眼。

顺利拿到了包，周放冷冷地瞟了宋凛一眼："没有乱七八糟的意见，要什么就给买什么，你这逛街品德倒是不错，不知道经过多少人锻炼了。"

宋凛低头看了她一眼："第一次。"

周放看着他的目光忍不住多停留了几秒，半晌，她别开头去："谁信？"

拎着爱马仕的橙色袋子，周放酷酷地出了店门。

"我朋友还在等我，先走了。"她连"再见"都没有说。

宋凛拉住她："不一起吃饭，让我'赔个罪'？"

周放仰起下巴："不必了，'包'治百病，我更喜欢这种赔罪方式。"

"要包不要人？"

周放冷嗤了一声："像你这种人到中年的老男人，除了钱还有什么值得要的？"

"呵。"宋凛眯了眯眼睛，微微低头看着她，"欠收拾了？"

他话里有话，周放被他说得脸一红，懒得再理他。她拎着包走远了两步，又不甘示弱地回过头来："是挺欠，毕竟我年轻，需求大。"

宋凛脸上瞬间露出笑意，对周放勾了勾手指："过来。"

周放怎么可能听他的？

此时此刻，远离宋凛才能保平安。

秦清做完指甲，看到周放拎着个爱马仕的大袋子，大喇喇地坐在那里等她，吓了一跳。

"我就做个指甲，你随手就去买了个爱马仕的包？"

周放撇嘴挑眉，抠了抠手指甲，淡淡地答道："捡的。"

秦清自然不会相信周放的鬼话，羡慕地上手就掐住了周放的脖子，左右摇晃："周放啊，我不过是做了个指甲，你就沦陷啦！"

周放一手戳在秦清最怕痒的腰间，两人瞬间笑闹着打成一团。

周放的爸爸是做服装加工生意的，几年前周放和汪泽洋创业，第一件事就是扩大了爸爸工厂的经营范围，成为外贸业务的ODM（服装品牌生产商），为欧洲的休闲品牌做贴牌生产。这一支线使周放的公司得以发迹，每年能盈利四五百万，可以说是一个不小的数目。但周放为了能全力进攻电商女装，还是毅然决然地砍掉了外贸业务。

在她的经营理念里，只有先做减法，才能一心一意地做加法。

“双十一”的电商战争还有两个月就要来了，为了迎战“双十一”，最近公司的人都处于紧张状态。怎么才能在“双十一”之前将预热做到最佳，真是让周放伤透了脑筋。

还有半个月就是今年“金栀奖”的颁奖典礼，作为上城电影节最重要的一个颁奖典礼，自然是受众人期盼。这样一年一度的盛典，也是厂商的绝佳广告投放的机会。

“金栀奖”几个夺奖大热门人物的红毯秀对原创品牌来说，无疑是最好的宣传手段。

“大花”都有固定合作的品牌，周放唯一能下手的就是被提名“最佳新人”的几个“小花”，她们还处于娱乐圈的底层，资源较少，穿不到当季的大牌服装。

炒了上次那个侵权设计师后，周放吸纳了一个刚从纽约回国的新锐设计师，这个设计师在美国跟过著名的华裔设计师Lily Chen，随她在纽约时装周办过秀，熟悉高定，是周放请回来提升品牌气质和格调的。

公司倒是不缺人，就是怎么说服明星同意合作的问题比较棘手。

公司例会上，大家你一言我一语地发表着意见。

市场部和营销部的同事都对“双十一”严阵以待，提起意见来也格外认真。

“余婕是这次‘金栀奖’的影后热门人选，她和我们公司有过节目上的合作，上次她选中的款式月销六十多万件，要是能说服余婕，我们在‘双十一’有望冲击全网第一。”

上次的节目，余婕是怎么选中周放公司的，别人云里雾里，周放却是心知肚明，因此她毫不犹豫地直接否决了这个建议：“余婕太大牌了，看不上我们，选秀是草根节目，红毯是贵族活动。”

手下的副总也跟着附和：“April 已经提前下手了，签了余婕做新一季的代言人，这次 April 也是上城电影节冠名赞助商之一，余婕就算不赢也够风光的了。”

“……”

会议开了一个半小时也没有什么头绪，周放觉得这样耗时间也没有意义，就提前散会了。

大家出了会议室，还在议论余婕的事。周放的助理一脸困惑，低声嘀咕了起来：“之前看微博里爆料，April 是要请那个‘95 后小花’贺冰言当代言人的，怎么变成余婕了？”

周放觉得这名字听着耳熟：“贺冰言？”

“就是前阵子和宋总一起剪彩的那个。我看爆料里有现场照片，她还挽着宋总的手来着，我还以为她是宋总的新欢呢。”

原来是那个女孩啊，周放一下子就想起了剪彩那天的场景，若有所思地点了点头：“这个贺冰言，我们有没有希望找上她？”

助理皱着眉摇摇头：“我看难，她现在上位速度很快，估计只有宋总出面才能有点儿希望了。”

周放笑了笑：“那就只好请宋总出面了。”

助理一脸震惊地问：“宋总会出面吗？”

周放拍拍助理的肩膀，狡黠地眨眨眼：“裙带关系就是拿来用的。”

对周放这种两三千万身家的小公司来说，搞定人气正旺的“小花”贺冰言就像天方夜谭，但对宋凛来说，也就是几通电话就能搞定的小事。

周放厚着脸皮提出了要求，宋凛很爽快地答应了，没两天贺冰言的经纪人就和周放联系了。

周放新挖的设计师既有天分又肯努力，为了给贺冰言设计红毯礼服，看完了贺冰言所有的访谈和节目，依照她的气质为她设计了一条裙子。裙子是天空蓝的颜色，精致的珠钉装饰图案与轻盈薄纱完美结合，看上去生机勃勃又仙气十足。贺冰言试穿以后表示非常喜欢，与周放的合作也十分愉快。

走出工作室后，司机和设计师去取车，周放陪着贺冰言和她的经纪人往停车场走去。

贺冰言戴着帽子，一身黑色衣裤，这是明星的常见打扮，低调的同时方便躲避相机和群众。贺冰言是“95后”，不过刚满20岁，饱满的脸庞清纯又不失风情，气质亲和，镜头前活泼可人的她私下却不太爱说话，眼里也有着与她年龄不符的成熟。

两人并肩走着，贺冰言侧过脸看看周放，突然问她：“周总是宋总的女朋友吗？”

周放对贺冰言这个问题有些措手不及——她自己都还没有厘清和宋凛的关系，又怎么回答别人呢？于是她本能地否认：“不是。”

“这样啊。”贺冰言笑笑，脸上的苹果肌微微隆起，十分可爱，“能让宋总亲自打电话让我帮忙的，我还以为是他的女朋友呢。”

周放思索了一会儿，才面不改色地回应：“宋总之前欠我个人情，这次是还人情的。”

贺冰言抿唇笑了笑："真不知道宋总的女朋友是什么样子。"

周放有些诧异，蓦然间觉得呼吸一滞："他有女朋友了？"

"是啊。"贺冰言眨巴着眼睛，表情调皮地说道，"上次我和宋总一起剪彩，在那之前本来一直在谈 April 的新一季代言，结果剪完彩事情就黄了。我的经纪人去问，宋总说，因为女朋友吃醋，所以不找我当代言人了。这理由也是挺莫名其妙的，我都不认识宋总的女朋友，和宋总也只是剪彩的时候一起拍了个照而已，吃醋的理由是什么呢？"

贺冰言停下脚步，上下打量着周放，手指点着下巴，她思考的时候，才会流露出她这个年纪的少女姿态："宋总给我打电话的时候，我本来不想帮这个忙的，但是我实在很好奇宋总的女朋友是什么样子的，所以我来了。"

周放没想到这里面还有这样的故事，听完整个人都显得有些错愕。

那天在购物中心的时候，秦清也说过 April 要换代言人的事，但宋凛拒绝贺冰言的理由实在让周放不敢相信。

宋凛这人，做任何事都是在商言商。贺冰言再怎么势头猛，始终是个没有重量作品的新人，比不上余婕的影响力，以宋凛的性格，本来也该选余婕才对。

但宋凛做任何事都十分稳妥，万一以后人家"小花"红了，曾经被嫌弃过人气不够，绝对影响交情啊。他也许只是拿周放当挡箭牌，就像当初对那个常总一样。

看着贺冰言年轻又朝气蓬勃的脸，周放告诉自己不应该胡思乱想，她赶紧摇了摇头，礼貌地一笑。

"很可惜，我真的不是他女朋友。"

第八章
一秒沦陷

由于周放工作实在太忙，秦清在她家住得也无聊，就自行回家了。为了答谢这一段时日周放的照顾，秦清非要客气一把，请周放吃饭。周放工作久了也累，但不好驳了秦清脸面，只得答应。

秦清查了查网上的点评，决定去最近新开的一家墨西哥风味餐厅吃饭，周放下了班就直接开车过去了。

新开的店最烦的一点就是人多，店在四楼，结果人多到从四楼店门口排到了三楼楼梯。偏偏秦清又是个喜欢凑热闹的主儿，越排队越要去，她坚持认为需要排队的店才是真正好吃的店。

两人还没走近那个大排长龙的店，就很不巧地碰到了周放很不想碰见的人——霍辰东。

此时此刻，一贯高冷的“男神”霍辰东正和一个装扮时髦、富家女模样的女人在转角处吵架。

看得出来两人都是要面子的人，连生气都很克制，声音低低的，站远了根本听不清。秦清八卦，非要扯着周放走近些。

那娇滴滴的大美女衣饰精致，一头长发如瀑布一般，连生气的声音都十分软糯："你回国是为了什么？找你前女友吗？"她气极了，咄咄逼人地质问霍辰东，"霍辰东，在你眼里，我算什么？ Sex partner（性伴侣）？"

霍辰东皱着眉，脸色不悦，眼中流露出了明显的厌恶："Sex partner 是稳定自愿的关系，我们俩谁算计谁，你心里清楚。"

"爱你是在算计你？霍辰东，如果那姓周的女人没有解除婚约，你是不是不会回来？"

"这和你没有关系。"

"霍辰东，你的心怎么这么狠？"

听着两人的对话，"姓周的女人"忍不住皱了皱眉头，心想自己可真是穿着防弹衣躺着都能中枪啊。她扯了扯秦清的衣袖要走，却被秦清一把甩开。

秦清一贯对霍辰东没什么好印象。她和周放一样是大俗人，年轻的时候都曾是真爱至上的主儿。她不能理解霍大才子的梦想人生，她只知道，当年她看到的是周放为他要死要活，而他自始至终脸都没回来露一个。

感情是两个人的，未来是要一起商量的，全都一个人做决定，还谈什么一辈子？如果爱只是嘴上说说，那爱也太不值钱了。

秦清越看越不爽，故意用高跟鞋制造出很大的声响走了过去，引得两人回过头来。看到霍辰东一脸错愕和尴尬的表情，秦清十分满意，扬起了嗓音故作惊讶地说："哎哟，这不是我们霍大才子吗？"说完她又瞅了那女人一眼，"这美女是谁啊？"

周放知道秦清是在为自己出气，但现在的她已经完全不需要了。

她看了霍辰东一眼，又看了他旁边的女人一眼，最后只是平静地拉着秦清要走。

周放不指望多么华丽地转身，只希望少些纠葛，她在感情里的原则是真的决定了分开，就决不吃回头草。她一直固执地相信，能让她彻底放下且彻底放下她的，都是不值得留恋的。

见周放要走，霍辰东彻底慌了。他两步跨过来，挡住周放的去路，拉住了周放的衣角。

“不是你想的那样,你别误会。”他硬把周放扯到自己面前,急切地解释着，“她是我在美国的朋友，以前一起租过一幢房子，当过一阵室友。”

听完霍辰东的解释，周放并不觉得感动，反而觉得这个男人与她记忆里的模样相去甚远。

周放回过头看了那个女人一眼。果然，此时此刻听完霍辰东的话，她脸色发白，那似委屈似不甘的幽怨表情一看就是对霍辰东投入了很深的感情。

周放甩开了霍辰东的手，平静地看着他：“哪种室友？睡别人的那种？”

周放直白的话让霍辰东的脸色变得很难看，他说：“不是你想的那样，我和她早就没有任何关系了。”

“你们是什么关系与我无关，我只是想告诉你，人家姑娘要哭了，是个男人，就别再说这种不是人的话了。”周放轻叹了一口气，“辜负了一个是年少轻狂，辜负一个又一个，是无情无义。”

被霍辰东这么一搅和，秦清被气得连吃饭的心情都没有了，拉着周放就要离开，说是宁愿回去给周放煮泡面，也不会再来这家餐厅了。

秦清比周放更疾恶如仇，她最清楚霍辰东对周放人生的影响。就像当年她结婚后被背叛一样，倒不是说她对那段感情、那段婚姻多么不能自拔，而是那件事令她产生了一种如影随形的对自己的怀疑。

“周放，真不是我说，你这运气也是绝了，这一个两个三个的，一个比一个渣。”秦清气得叽里呱啦地说个不停，“霍辰东托人来找我打听你的手机号,我虽然没给,但是我心里还在想,毕竟你们那么多年的感情在那儿撑着，我怕你还没忘，又会回头。结果没想到他渣成这样。”

周放没想到还有这茬儿,拍了拍秦清的肩膀,庆幸地道:“果然是真闺密，没有推我进火坑。”

“我就搞不懂他这样的人，都能坦然地和别的女人睡觉了，怎么还能做出一副对你旧情难忘的样子？”秦清厌恶地皱着眉头，“像霍辰东这样的人，假深情，真自私，也就感动了他自己。我想想也是，当年他说要留学，问都不问你就去报了 GRE；后来要去面试，又问都没问你就去了北京。如果他真的这么舍不得你，这么多年怎么一个电话都没有？当年但凡他低个头，就没那个姓汪的畜生什么事儿了。”

周放不想再去说那些陈年旧事，拍了拍秦清的肩膀，豁达地说道：“算了，都过去了。”

秦清越说越气愤，最后忍不住感慨道：“伪君子比真小人更让人硌硬，好歹对真小人一开始就不抱希望。对比起来，我突然觉得宋凛像个好人了。”

周放无语地看了一眼秦清，心想，宋凛他老人家要是听到这样的评价，会比较开心吗？

周放吃完饭回家，在停车场正好遇见了刚回家的宋凛。他今天开的车周放没见过，他跟在周放身后一直嘀嘀地按喇叭，直到他从车里出来，周放才认出来，于是两人自然地一起走回家。

忙了一天，晚上又遇到了霍辰东，周放有些累了。宋凛问了问周放“金栀奖”红毯秀的事，周放如实回答，也没有多说什么。

两人一前一后进入空荡的电梯，周放站在角落里，宋凛按下了楼层键，自然而然地走到了周放的身边。

两人安静地并排站着，周放微微抬头，正好能看见宋凛的肩头，这样的身高差是周放年少时最喜欢的。霍辰东身高一米八，已经算高个子了，宋凛似乎比他还要高出个四五厘米。他的身材十分修长挺拔，再加上长期锻炼，肌肉紧实，穿衬衫西服男性魅力十足，也难怪是个女人都对他有些绮丽的幻想。

周放是想问问贺冰言说的那些话的，想问问他说的那句“女朋友”到底是真心还是假意。

她正犹豫着，就听见宋凛用他那一贯低沉的声音说道：“事办成了，你也没句感谢？”

周放愣了一秒，然后很郑重地说：“这次真是谢谢你了。”

宋凛挑眉：“就这样？”

“回头请你吃饭。”

宋凛微笑，看向周放：“只是吃饭？”

周放也知道宋凛这次帮了大忙，事实上从他们相识至今，宋凛一直在给她帮大忙，而她好像确实从来没有表示过什么。这也不能怪周放，实在是宋凛什么都不缺，她根本想不到拍马屁的方式。

“宋总想要什么答谢？”周放抿了抿唇，笑道，“我看看我的财力能不能满足。”

宋凛低头，淡淡地瞥了她一眼，表情意味深长：“不急，这感谢，我总要找你拿的。”

那眼神让周放有种到了“人为刀俎，我为鱼肉”的感觉，周放被他看得一个激灵。

宋凛顿了顿，没再纠缠这个问题，自然地转了话题，声音中有浅浅的愉悦：“你那助理挺有意思的。”

“啊？”周放有点儿诧异宋凛会突然提到助理，“他干什么了？”

“他来找我问事的时候，说周总让他来用裙带关系。”

他微微低下头，脸上挂着愉悦的笑意，一双墨黑的眸子仿佛盛了水，让人看了内心就忍不住跟着起了涟漪。

周放的心跳怦怦地跳快了两下：“他就是个二愣子，别听他胡说八道。”她心里想着，这种耿直的员工，她说什么他就传什么，到底是从哪里请来的？

“这话确实说得不是太对，我们两个的关系更深一点儿。”宋凛饶有兴趣地看着周放，很不正经地凑到她的耳边说，“应该是宽衣解带的关系。”

“……”

这个男人除了工作就是耍流氓，说话赤裸裸的，完全不遮掩，不以露骨为耻，反以为荣，周放懒得和他多说。

正好这时电梯门开了，周放回头瞪了他一眼，大步离开。

还没进家门，周放又被宋凛拉了回来。他低下头与周放四目相对，一双有力的大手扶在周放的腰上，嘴角满是淡淡的笑意。

“你那个朋友什么时候走？”

周放知道他是在说秦清，也知道他问这个问题的目的。实际上秦清已经搬走了，但周放可没打算说实话——她见不得这个男人耍流氓。于是她仰起头没好气地说：“我朋友住我家和你有什么关系？多管闲事的病犯了？”

宋凛也不生气，只是不怀好意地看了她一眼。

“确实犯病了。”他带着周放的视线向下望去，说道，“憋出病了。”

两人之间的距离那么近，近到周放的胸部紧紧地压着宋凛的胸膛，他的呼吸悉数落在她的头顶，亲密得让周放觉得有点儿心慌，身体的温度也不断上升。

“你上哪儿找不到女人？想骗谁？”

宋凛笑了笑，眼神里夹杂着几分戏谑和几分认真，像逗弄宠物似的，有撩拨也有宠溺。

他温柔地一字一顿地说道：“就想骗你一个。”

被宋凛拥在怀里，周放觉得身体的每块骨头好像都被软化了，整个人酥酥的，忍不住往他身上靠。

心因为他的话越跳越快，周放屏住了呼吸，许久才让自己平静下来。

她用手指抠了抠宋凛胸前的纽扣，用只有他才能听见的声音说：“秦清已经回家了。”

宋凛先是一愣，随即明白了周放的意思，脸上突然有了春风得意的笑容。

他低头吻在周放的额头上，随即开心地将周放牵进了家里。

门刚一关，吃了几天素的宋凛已经迫不及待地将周放抱了起来，炽热的吻刚落在周放的唇上，就听见周放的肚子煞风景地咕噜噜叫了起来，彻底打破了两人的暧昧气氛。

“没吃饭？”宋凛低头看着她。

周放此刻脸涨得通红，心底埋怨肚子，早不叫晚不叫，偏偏这时候叫，真叫她恨不得找个地缝钻进去。她低着头讷讷地回答：“太忙了，没来得及。”

宋凛眼角眉梢都是掩不住的笑意,对于周放偶尔的出糗,他似乎十分受用。他迅速换了鞋，从鞋柜里拿出一双新拖鞋丢在周放面前，然后径直向屋内走去：“我去看看家里有什么。”

周放一个人被留在玄关处慢吞吞地换着拖鞋，那是一双嫩嫩的马卡龙系的黄色拖鞋，上面还有个蝴蝶结，是她的尺码。周放不情不愿地换着，总觉得宋凛是故意买来打趣她上次穿了他女儿裙子的事。

她换了鞋走进客厅，宋凛不在，现在整个家里唯一的声响来自厨房。

周放蹑手蹑脚地走近厨房，厨房的门没关，周放静悄悄地靠在门框上，看着厨房里面宋凛忙碌的背影。

他系着一条米灰色的围裙，切菜的姿势十分利落，他低着头，表情十分专注，每个步骤都有条不紊。不一会儿，周放就闻到锅里飘出来的香气，馋得忍不住咽着口水。宋凛做饭又快又有魅力，倒是把周放这个女人比得自惭形秽。

没一会儿，宋凛将装饰好的意大利面端上了桌。

他努了努嘴让周放坐过来，然后将盘子放在她面前：“也没什么东西了，将就着填填肚子吧。”

他解开与他霸道气质很不符合的围裙，随手挂在餐桌旁边的椅背上。

“赶紧吃。”他回过身来，对周放坏坏一笑，“我只喜欢听女人嘴上叫，不想听到肚子不停地叫。”

周放拿起宋凛递给她的叉子，卷起了面条。面条意外地很合周放的胃口，没一会儿一整盘就下肚了。吃饱喝足，周放拿着餐具要去洗，却被宋凛拦住。

“我来吧。”

周放一贯对家务不怎么在行，也没有抢。

她看着宋凛在那儿洗餐具，平日挺拔的背脊此刻微微弯曲，形成一种奇异的温柔的弧度。那画面实在太过温馨，让周放突然有一种想安定下来的感觉。

她双手环着胸，背靠着厨房门，想了许久，最后用十分理性的声音对宋凛说：“你不打算结婚了吧？”

宋凛手上的动作停了停，回过头看着周放，眉头微微蹙起：“什么意思？”

“我也不打算结婚。”周放抿了抿唇，吸了一口气，大着胆子说，“我们有一样的想法，而且我觉得我们的身体很合得来。”

宋凛随便冲了冲最后一个盘子，动作僵硬地将盘子插在晾架上，然后缓缓转过身来，脸上那种温柔的表情已经敛去，恢复了平时的冷漠。

他背靠着厨房的流理台，深沉的眸子里似乎带着几分恼怒。

“你想说什么？”

周放瞟向宋凛：“我的感情经历你也清楚，我也不需要什么名分，想要就在一起，厌了——”周放顿了顿，说道，“就分开。”

说完，周放用她纤长的手指分别指了指她自己和站在不远处的宋凛：“我们，可以吗？”

听完周放的话，宋凛只是不屑地扯着嘴角笑了笑，随即缓缓抬起头来：“你想和我当‘炮友’？”

周放低头思索了几秒，随即回答：“虽然有点儿难听，但是可以这么说吧。不需要讲未来和责任，比较自由且彼此尊重的关系。”

宋凛盯着周放，半天都没有表情，最后阴鸷地笑了笑。

“看来你对我的身体相当满意。”

“……”

周放直到回家都没想明白自己哪句话说得不对。

起先宋凛不就是想和她当“炮友”吗？他哪次找她不是动手动脚，急着往床上奔？哪怕是刚才……

像他这样不主动、不拒绝、不负责的“三不”男人，不是应该最喜欢周放的提议吗？

难不成他老人家是觉得这话应该他来说，由她周放说出来，驳了他的面子？

那一晚之后，宋凛算是彻底不理周放了，十天半月也不回这边，偶尔回来一次，对周放基本上视而不见。起先周放还郁闷了几天，后来过了差不多一个月，周放终于从最初的失落中解脱出来，彻底回血复活。宋凛对她冷漠，她也学会了用鼻孔回敬他。

“双十一”越来越近，周放每天都在外面应酬，谈广告投放的问题。她喝酒喝得不知今夕是何年，那些儿女情长的烦恼已经被那点儿黄汤冲得无影无踪了。

所以说，女人的矫情都是闲出来的。只要稍微一忙，别说男人了，周放连自己是谁都快忘记了。

晚上又约了几个广告界的大老板吃饭，一般来说，这种饭局除了“特殊服务业”的工作人员，是鲜少有女性的，周放总是饭桌上唯一的女人。

然而今天，这一桌上，除了周放，还有一个让周放感到非常意外的大美人。

宋凛唯一承认过的“前任”，许久以前在咖啡厅里碰到的那个白裙子的小姐。

今天的她化着浓妆，头发盘成复古的发髻，一身深绿色绒面小礼裙搭配一条绿色翡翠项链，看上去贵气十足。她今天和上次看到的憔悴模样完全不同，以至于周放差点儿没认出来。

在场的大部分是熟人，东家除了介绍了那个女人是“林真真小姐”以外，没有介绍任何和她有关的信息，但是在场的其他人似乎都对她比较熟悉，态度也还算尊敬。

这个林真真看着娇滴滴的,实际上非常豪爽,面对劝酒的人几乎来者不拒。一开席她就为苏总的缺席罚酒三杯，还是白酒，这酒量也是不可估量。周放猜测她应该是苏总的爱人，但到底是哪个苏总，这林真真没细说，周放也不好意思问。

因为宋凛，周放忍不住一直偷偷地打量那个女人，看着她游刃有余地周旋于一众老狐狸之间。周放突然有了一丝好奇，这么美丽大方又能力超群的女人，宋凛究竟为什么和她分开呢?

这个前任，究竟是多久以前的前任呢?

酒过三巡，林真真终于坚持不住了，周放明显感觉到她的脸发白，正有些担心，就见她扯着场面的笑容颤巍巍地站起来，向在场的人告了罪，然后才袅袅婷婷地去了洗手间。

她走后，在座的人继续喝着闹着，周放侧过头，与身边坐着的一个与她还算相熟的老总攀谈起来：“秦总，这个林小姐到底是何方神圣啊？”

秦总看了一眼门外，然后鄙夷地回答周放：“能是谁啊？苏屿山的外室。”

“苏屿山？”周放有些震惊，苏屿山可是本城有钱有影响力的大老板。怪不得她不和宋凛在一起了，敢情是有了更好的去处。

“这外室，是字面上那个意思？”周放小心地问道。

秦总意有所指地一笑：“苏屿山有好几个外室，她只是其中一个。”

这种场合，想来苏屿山也不可能来，这林真真可真是拼，明知是鸿门宴还是来了，看来做有钱男人的女人也不好混。

周放突然又想起自己上次碰到她和宋凛见面的情景，当时她在找宋凛借钱？苏屿山可比宋凛有钱多了，不找苏屿山，找宋凛？

这女人可真神秘。

秦总抿了一口酒，压低了声音对周放说："苏屿山最近离婚了，你总知道吧？"

周放实诚地摇了摇头，这种离她太远的人物，她压根儿就不关注。

秦总鄙夷地白了她一眼，继续说："苏屿山一离婚，'后宫'炸开锅了，几个外室都在争宠，就看谁能上位了。"他皱了皱眉，感慨地评价道，"这林真真也真是看走了眼，放过了宋总这么好的潜力股，挤破头给人家当小老婆。"

"……"

周放听了这么爆炸性的八卦，整个人都感到十分错愕。她拿起包，也去了洗手间，想洗个脸醒醒神。

宋凛这个男人，远比她想象的更复杂，故事更多。除了他的过去、他的女儿，他身上还有太多需要周放挖掘的东西，周放突然觉得，宋凛身边的那个位置也许并不适合她。

周放走进洗手间，内间时不时传来痛苦的呕吐声，弄得她也有点儿犯恶心了。

她打开水龙头，试图用流水声掩盖那令人反胃的声音，随后掬了一捧水拍向自己的脸颊，整个人立刻清醒了几分。

周放洗完脸，内间呕吐的声音也停止了。她刚按下水龙头，就从镜子里看到内间的人步伐踉跄地走了出来，是林真真。

两人自镜中四目相对，彼此都没什么好脸色，上次的事，林真真显然也是记得的。

林真真几步走过来，打开水龙头漱了个口，模样有些狼狈。她缓了一会儿，才将手伸到那哗哗放着的水流中，十根手指白皙软嫩，保养得宜。

周放拿纸巾擦净脸颊，补了点儿粉，又擦掉了眼角的晕妆，最后用手指捋了捋鬓发，确定自己形象良好，转身要走。

刚走出两步，站在周放背后的林真真突然开口叫住了她。

“周总。”

周放有些错愕地回头，看了林真真一眼。

林真真脸上没有笑意，只是淡淡地看着周放，眼中有几分酒醉后的红血丝：“你现在是不是特别瞧不起我？”

周放抿了抿唇，不卑不亢地说：“我和林小姐好像并不熟。”

林真真突然仰起了头，十分笃定地说：“除了我，没有人能在宋凛面前与众不同。”

宋凛，还是宋凛。

周放忍不住笑了：“为什么呢？”

“因为我是以欣的妈妈。”

原来如此，这个前任果然是重量级的人物，能得宋凛亲口承认身份，确实也够与众不同的，至少和周放这种半年都坚持不到的人比，她已经赢了。

周放眨了眨眼睛，良久才微笑着对林真真说：“可惜了，我和他并不是你想象中的那种关系，你还是可以继续你的与众不同。”

林真真没想到周放居然是这样轻描淡写的态度，她微张着嘴，一时也说不出话来，只是难以置信地质问周放：“你不在乎？”

周放低头看了一眼自己的脚背，裸色的高跟鞋上滴了一滴水，看上去十分怪异，她俯身擦掉。

重新起身，周放透过镜子看向林真真，很郑重地回答了她。

“我不在乎。”

周放今晚其实也没有喝多少酒，但她越待越觉得如坐针毡。她必须承认，她受到了林真真的影响，说出口的那些漂亮话多少还是有些底气不足。

她并没有自己想象中那么满不在乎，她好奇着宋凛和林真真的过去，更想知道林真真在宋凛面前的“与众不同”到底到了哪种程度。

周放不想谈爱情，不想结婚，是因为她的感情经历让她对这些感性的情感都失去了信心。那么宋凛呢？他至今流连花丛，是因为眼前的林真真吗？

林真真不论在厕所里吐得多么狼狈，在酒桌上始终显得游刃有余，面对那些不怀好意的劝酒者，她也懂得适时地挡掉，一看就是常年浸淫在这个圈子里。那么她和宋凛应该是经常有机会见到吧？他们又有一个 15 岁的女儿，这十几年，他们之间是有羁绊的吧？

宋凛放下她了吗？

周放越想越觉得没办法再专心谈广告，借口喝醉先离席了。她怕自己再待下去会难以自控地打听更多宋凛和林真真的事，原来她并没有自己想象的那么洒脱。

她觉得自己的在乎实在丢人。

周放离开包厢的时候，林真真向她投来了意味深长的目光，周放没有回头，只是努力挺直了背脊，维持着最后的风度。

坐上出租车的后座，周放用手肘撑着车窗，眼睛直勾勾地看着窗外，心里专注地想着最近发生的事。

那天周放提出那个要求的时候，宋凛的恼怒究竟是出于什么原因？他是怎么看待她的？

他有没有一点点在意她？和林真真比呢？

周放觉得头有些疼了。

很快，周放就没有时间儿女情长了。

“双十一”的战争提前打响，还没正式开始销售，众商家已经提前开始拼得你死我活了。虽然周放总是和手底下的人说“不要把所有希望托付给大促”，但是这次大促还是让她感觉到了压力。

几乎所有商家营销手段就是砸广告，几个做广告投放的网站上最火热的广告位都被围攻，价位也跟着水涨船高。

等周放带着副总去谈的时候，仅剩的一些广告位页面位置不显眼不说，价位还高得离谱，这可把公司的副总和市场、营销部门的下属都给急坏了。

一连几天，整个公司的人都在一家一家地打电话、跑市场，尽可能地多争取广告的投放，好不容易谈成的几个，价位都比预期高了 10%，这让公司不得不做出了提高预算的决定。

周六，广告的问题终于告一段落，周放被这些广告平台大宰了一笔，自然十分肉痛，心情郁闷。考虑到最近大家的辛苦忙碌，周放给最忙的部门放了三天假，让大家好好休息，准备迎战“双十一”。本来怨声载道的下属们一听可以休息，之前的疲惫和怨气都烟消云散了，依旧爱戴她这个老板。

解决了公司的问题，周放自己也累得不行，最近忙得太疏忽自己，周放觉得脸上都干得起皮了，正好秦清打来电话约她去做美容按摩，两人一拍即合。

一下班秦清就开着车来接她了。

补救式护肤做完，两人又去做了个全身 SPA。

这是周放和秦清都很喜欢的安排，秦清是美容院的 VIP 会员，选的双人池十分清静，光线也调得刚刚好。为她们服务的美容师和秦清很熟，知道她的喜好，要求也不用多说。除了舒缓的音乐，房间里几乎没有别的声音，这让周放得到了充分的放松。

秦清不喜欢被打扰，挥挥手让美容师出去了。见周放一副有气无力的样子，秦清侧着头有些好奇地看着她：“你这是怎么了，怎么跟丧家犬一样？”

“公司最近忙，加了好几天的班。”

“就这点儿事？”

“嗯。”

秦清乜她一眼："所以说女人要什么事业？钱够花就行了。"

周放笑着摇了摇头："钱让我有安全感。"

"其实我有时候真的不太懂安全感是什么。有了就能活，没有就会死吗？"秦清说，"现在我还有钱，我就造，等没了就去赚，我觉得人生最重要的是尽兴。"

周放转了个方向，趴在池边，半晌才缓缓说道："我有时候很羡慕你，羡慕你的肆意放纵。我不行，我做不到，我太懦弱了，总是想被人爱，可是我总是得不到我想要的爱。我不能停止赚更多的钱，因为我害怕有一天我没钱了，就真的一无所有了。"

一贯伶牙俐齿的秦清竟被周放说得哑然，明明想说话，却发现自己竟然有些鼻酸。这么多年，只有老天才知道她们是怎么走过来的，秦清本能地往水里钻了钻，不再说话。

周放趴在自己的手臂上，许久都没有动，她想起了林真真和她说过的话。她深吸了一口气，最后转过头来，迷惘地问秦清："你说，对一个男人来说，什么样的女人能在他的生命里与众不同？"

秦清捧了捧面前的水，淡淡地回答："初恋、初吻、初夜。"秦清想了想又加了一个，"孩儿妈？"

周放点了点头，胸口跳动的心脏如同一颗被人投入海里的石头，蓦地沉得更深。

林真真这样的"四合一"，的确足够与众不同。

她们离开美容院，秦清要去超市，周放也顺便买了一些家里需要的日用品，大包小包的，两只手都拎满了。

两人依次把购物袋放进了后备厢。秦清还有最后一包，正要往里放，旁边就走过来一个身材高大的年轻男人，十分自然地接过了秦清手里的购物袋，顺手放进去，然后关上了后备厢的门，整套动作一气呵成。

男人个子和宋凛差不多高，虽没有宋凛精壮但也算结实。他一头清爽的板寸，脸上没有风霜的痕迹，只是目光略显深沉，和他的年龄有些不相符。

他解开了一颗纽扣，挽起的袖口卡在手肘处，看上去似乎刚下班。

秦清一抬起头看见他，脸色立刻就黑了。

三人这么面面相觑的样子让周放觉得有些尴尬，她用下巴向男人的方向指了指，低声问秦清："五三？"

秦清表情有些难看，一把将那个男人扯到旁边。

然后周放就听见两人开始了信息量极大又非常毁三观的对话。

秦清显然很不满这个男人的出现："你是跟踪狂吗？还学会堵人了？"

"看见你的车停在外面，顺便等等。"

秦清被他轻描淡写的语气气得不行："你还没完了是不是？我已经告诉过你了，那天我喝多了，我都不记得是谁了，你还来纠缠做什么？大家都是成年人！"

男人对于秦清的气恼始终照单全收，也不生气："我怕你怀孕，我不是那种不负责任的男人。"

"不可能！你那晚戴了两层——"秦清说了一半，停了下来。

男人微笑道："你都不记得我是谁了，倒是记得细节。"

"你……"

秦清气炸了，懒得再和他说下去，刚要走，就被男人一把拉了回来。

他手疾眼快地拿过秦清手里的钥匙，轻描淡写地说："我送你回家，正好我也省个出租车钱。"

秦清瞪大眼睛："你要脸吗你？你每个月工资那么高，还要省出租车钱？"

"刚毕业，能省则省。"

不等秦清拒绝，男人已经走向了秦清的车，留秦清在原地奓毛。

他从容地拉开车门，回头对周放说："先送你回家？"

周放倒是没想到一个22岁的小伙子有这么强大的气场，要不是经历过宋凛这样的老手，周放觉得自己也会被他唬住。

周放摇了摇手：“要不算了吧，我自己打个出租车回家得了，也不远。”

“送！让他送！”秦清走了过来，气鼓鼓地坐进副驾驶位，“像你这种刚毕业的小破孩儿也就配当个司机。”

大约是一整天行程太满，不过开了半个小时，秦清就在车里睡着了。

“五三”将周放送到楼下，周放下了车，他也跟了下来，绅士地从后备厢里把周放的东西都拿了出来，轻手轻脚的，生怕吵醒了秦清。

他所说所做都有着不符合他年纪的沉稳，相比之下，秦清好像才是那个不成熟的人。

看来秦清这个“老司机”这次是要翻车了。

“东西多，我送你上楼吧。”

周放觉得有点儿尴尬，赶紧拒绝：“不用了，我自己上去吧。”

“五三”也不理会周放的拒绝，径直向公寓走去，周放不得不跟过去。

两人并肩站在电梯里,周放也不知道说什么好,只得低头看着自己的脚尖。

“她学生时代，也像现在这么彪悍吗？”

“五三”突如其来的一句话让周放有些愣怔：“啊？秦清啊，也不是。”

周放斟酌了一会儿，诚恳地说：“她表白被拒、所遇非人，好不容易以为遇到了真爱，结婚又被出轨。总之，情路很不顺。”

“嗯。”

“你是认真的吗？”周放舔了舔嘴唇，认真地问道，“我的意思是，你这么年轻，她又离过婚——”

“我是年轻，”“五三”很快就阻止周放再说下去，“但我是个男人。”

电梯到了，“五三”先跨了出去，看着这个年轻男人的后脑勺，周放突然很羡慕秦清。

原来男人在爱情里也不都是若即若离、忽冷忽热、阴晴不定的。

站在电梯口，周放接过自己的那几个购物袋，礼貌地对“五三”说：“谢谢你送我回来。”

“五三”低头笑了笑。

“那你慢走。”

叮的一声，电梯门关闭，“五三”终于从周放的视线里消失了，周放感觉压力小了好多。

拎着好几包东西，周放却没有感觉到重，脑海里想起了很多，觉得有点儿淡淡的失落。

她轻叹一口气，刚一转过身，整个人又吓得退了一步，尖叫一声，手上的东西全都掉了。

宋凛黑得像炭一样的脸近距离地出现在周放面前，差点儿把她的心脏吓出来。

“大晚上的！突然这么不声不响的，想吓谁啊！”周放忍不住吼了出来。

宋凛脸色难看得很，眼睛里简直像要冒出火来，眉心的沟壑深得可以夹死苍蝇。他紧紧地抓着周放的肩膀，语气极其不善。

“送你回来的那个萝卜头，哪儿冒出来的？”

面对宋凛的气恼，周放很快就恢复了平静，看向宋凛的表情带了几分捉弄。

“怎么，有人送我回来，你吃醋了？”

宋凛的表情僵了一秒，随后他转了视线，居高临下地看着周放，还是以往那般嘴硬：“我疯了？”

周放微笑着反问他：“那他是谁和你有什么关系呢？”

宋凛脸上的表情因为周放的问题僵住了，眸中流露出几分困惑。他顿了几秒，那几秒，有如万籁俱寂。

随后他轻启薄唇，声音不大不小：“如果我说，我很在意呢？”

要是以往，周放内心也许会因为宋凛的话生起一些涟漪。但是此刻，她心里没有一丝一毫的波澜。

宋凛之于她，有太多秘密。对他的过去，她一无所知。

他在生活中是绝对的控制者，不管是对生意还是对女人。周放认识他也有一段时日了，每一次都是他潇洒转身，毫不留恋；每一次也是他频频回顾，藕断丝连。对他们之间的关系，他一直占据着绝对的主动权。

也许正是因为这样，他才不能接受周放的不受控。

此时此刻，周放觉得宋凛的出现和质问都有些莫名其妙，他的动作表情都明显有失风度，尤其是他对“五三”的称呼。不管他是出于什么理由，这么说都是不对的。

周放对他这样的行为很不齿：“你凭什么随便给人取外号？”

大约是没想到两人讨论起那个男人是以这个问题开头，宋凛双手环胸，微微眯起的眼睛里透出危险的光。

“怎么，心疼了？”

“当然心疼。”周放瞪了他一眼，没好气地揶揄他，“毕竟我对你和对人家是一样的。对你，尊老；对他，爱幼。”

宋凛大约是被她的伶牙俐齿气到了，脸上的愤怒渐渐消失，转而变成了一种周放看不懂的复杂表情。

他抿唇看着她，半天都没有再说一句话。见他没话说了，周放也无心恋战。

周放的脚不小心踢到了购物袋，发出物品碰撞的窸窣声音。她弯腰捡起地上的东西，起身的时候状似无意地瞥了宋凛一眼：“没什么事我先回家了，再会，宋总。”

“站住。”

正在拿钥匙的周放有些错愕：“还有什么事吗？”

宋凛依旧是方才的表情：“你还没有回答我的问题。”

周放反应了一会儿才想起他的问题，他依然在纠结“五三”的身份，这让周放第一次感觉自己在他面前占了上风，嘴角的笑意立刻意味深长起来。

周放开了门锁，人钻进屋里，手紧紧地扶着门。

“你猜？”

在宋凛过来抓她的一刻，她及时地关上了大门。

宋凛在外面气恼地敲着房门，周放在里面想象着他此刻的表情，想想就觉得很解气。她也不知道为什么，就是希望能彻彻底底地赢宋凛一次，她实在太看不惯宋凛那副永远智珠在握的样子了。

既然他喜欢若即若离、忽冷忽热、阴晴不定，周放很乐意奉陪到底。

事实上，随着“双十一”临近，April也跟着进入了一整年最忙碌的时间，线下的体验店和线上的特销再加上最近主打的高端系列，都让宋凛忙得脚不沾地。

办公桌上永远堆满了等待他批示的文件，他喜欢这种忙碌，只有这时候他才会觉得自己是心无杂念的。

自上次和周放不欢而散，两人冷战至今。周放不过是把他心里一直存在的想法提了出来，他应该庆幸这个女人不需要负责，可自己为什么还会生气？这个问题自那天开始，一直让他困惑至今。

最近由于“双十一”，为了争夺广告位，品牌商们提前打响了战役，以宋凛今时今日的地位，大部分平台还是给了他些面子，提前为April预留了位置，毕竟品牌价值和影响力在那儿摆着。但一般的公司就没有这么好运了，听说很多公司遇到了“一位难求”的现象。

下午，秘书来汇报最近各部门的动向，拿着几份文件给宋凛签，也贴心地通知了会议的时间，宋凛一直在看文件，低头听着，时不时给几句指示。

秘书井井有条地汇报着：“广告投放的事，合同都签好了，只有衣尚还是要求走量返点。”

宋凛停下手上的笔，表情有些冷：“他们是要谈条件？”

“最近情况不一样，各家都在携资本要价。”

宋凛低下头继续看文件：“知道了，我考虑一下。”

秘书拿走了宋凛批完的文件，正要出去，又回头说了一句：“最近广告位很紧俏，您不要考虑太久，衣尚网站流量大，别家公司都挤破头了。”

“嗯。”

秘书想了想，若有所思地看了宋凛一眼，犹豫了一会儿，才忐忑地说起了与工作无关的事。

他试探性地开口道：“听说周总那边也被广告位给难住了。规模受限、资金不足，市场上抢资源的除了她一个女人就是一群大男人，也不容易。”

冷不防听到周放的名字，宋凛忍不住皱了皱眉，心底荡起了细微的涟漪。

还不等他回应什么，就听见秘书开始滔滔不绝跟演讲一样把周放近来碰壁受挫的故事讲得感人至深，越听到后面，宋凛的眉头皱得越深。

到最后，宋凛忍不住抬起头看向秘书，眼神意味深长。

“太闲了？”

秘书斟酌了几秒，才小心翼翼地说：“我看您近来心情不好，以为您和周总闹矛盾了。”

宋凛乜了秘书一眼：“我应该告诉过你，我讨厌别人揣摩我。”

“我也是看周总近来遇到了点儿危机，”秘书跟宋凛很久了，知道此时宋凛没有生气，赶紧又感慨了一句，“女人在生意场上就是被打压，也没有人能依靠。”

宋凛握笔的手用了用力，钢笔的笔尖把纸张戳了个小洞，谁也不知道此刻的他到底在想什么。

“让她自生自灭。”他还是一贯地冷漠，对秘书不耐烦地挥了挥手，“出去。”

秘书长叹一口气，抱着文件出了宋凛的办公室，临关门，又拔高了嗓门，意有所指地说了一句：“这种时候，女人肯定很脆弱，最容易被乘虚而入了。”

宋凛对于自己此时此刻的所做所想都感到荒谬。

周放是个女人，比别人不易，但这条路是她自己选的不是吗？谁做生意不是这样过来的？这个社会本就不是童话，当年他所经历的比现在更可怕，本质上，宋凛并不是一个有同情心的人。

那么，他到底为什么回来？还是在这么忙的时候？

尤其是看到眼前这一幕的时候，宋凛更加觉得自己匆忙赶回来的行为十分荒谬。

那个在秘书嘴里被形容成“十分不容易”“遇到重大危机”的年轻女老板周放，不仅没有面容憔悴，看上去还十分春风得意。

听见声音出门的宋凛，脸上假装偶遇的意外表情甚至都没来得及收起，就看见一个从未见过的年轻男人帮她拎着大包小包的东西。两人从回来就一直在聊天，那个男人为了迁就周放的身高，与她说话时会微微低头，姿态好不亲密。

透过他手里拎着的袋子明显能看到，里面都是一些生活必需品，两人不是亲密到一定程度，怎么会一起去逛超市买这些生活用品？

虽然那个男人都没走出电梯几步就转头离开了，但是宋凛还是感觉到这个年轻男人带来的危机感。

走廊那盏水晶廊灯炫目璀璨，宋凛第一次觉得这光感并不美好，反而有些刺眼，他越看越觉得烦躁。

明明是在自家门口，宋凛却突然觉得自己的存在有些可笑。这个女人果然不容小觑。

宋凛必须承认，他盛怒之下说的那些话让他落了下风，这在他三十几年的生命里可谓绝无仅有。

说实话，除了宋以欣，已经很久没有一个人可以让宋凛这么失控。

在周放那里吃了闭门羹，回到家，宋凛喝了一大瓶水才将体内那股躁动的火气给压下去。宋凛越想，手上的拳头握得越紧。

周放不知道宋凛心里那些七弯八转的想法，“五三”引发的一系列故事也很快被她抛之脑后。

近来公司以“管理培训生”资格新招进来一个年轻海归，比周放小两岁，长得又帅又年轻，能说一口流利的英语。不知道是不是HR（人事）是女人的缘故，新招进来的员工一个比一个颜值高。当然，对此周放是欣然接受的，帅哥是整个公司的福利，虽然帅哥会让公司的女员工分心，但是总比招一个丑男让大家士气低落要强。

因为管培生是由周放亲自带的，这个小帅哥大部分时间跟着周放，让底下的人十分不满，指责周放“以权谋私”。对此，周放安抚了一下大家，然后欣然接受了这份老板福利。

晚上，“小鲜肉”管培生开车顺路送周放回家，临下车，周放想起有一份文件在家，想要他带去公司，便把他带上了楼。

这新来的管培生非常好学，问题很多，周放觉得培养一下很有前途，对于他的问题也都毫不吝啬，倾囊相授。

两人一路说着话走进电梯。

脚一跨进电梯，周放就看到了已经在电梯里站着、面黑堪比罗刹的宋凛。

见周放呆立不动，管培生有些诧异地看向她：“周总？”

“啊？”周放意识到自己的愣怔有些失态，赶紧进去。

十几秒的时间，密闭的电梯配上死寂一般的氛围，总结起来就是两个字——尴尬。周放感觉有一道视线让她后背有点儿发凉。

好不容易到达楼层，周放赶紧推着“小鲜肉”管培生走了出去。

周放头也不回，快速开了房门，“小鲜肉”还没进去，就已经被宋凛一把抓住。

宋凛比“小鲜肉”高出半个头，肩膀也比他宽很多，整个人比人家大了一号，完全是大人欺负小孩的既视感。

他的眼睛里透着嗜血的光，恶狠狠地瞪着“小鲜肉”，态度强硬得有些可怕：“你要往哪儿进？”

人家“小鲜肉”规规矩矩长大、正正经经工作，哪里见过宋凛这等人物，只得看向周放求助：“周总……这……”

周放被宋凛莫名其妙的行为气到了，一拳捶在宋凛的背上：“你干什么？你疯了吧？”

宋凛的目标终于转移。他不屑地把手一松，将瘦削的“小鲜肉”扔向一边，如同随手扔一团垃圾。

和宋凛健壮的大块头相比，喝了几年洋墨水的“小鲜肉”简直弱不禁风。

“小鲜肉”一贯对谁都是和和气气的，哪里见过宋凛这样的野蛮人，好不容易得了自由靠着墙喘息呢，这头就看到周放已经撸起袖子和宋凛吵上了。

“姓宋的，你是不是有毛病？”周放气急败坏，“这是第几次了？”

宋凛声音冷冽：“你也知道不是第一次了？周放，我怕你是已经忘了，你是个女人。”

“我怎么就忘记自己是个女人了？”

宋凛冷冷一笑，讽刺地看向那个瘦削的“小鲜肉”，眼中是显而易见的鄙视，他突然嗤笑一声：“有需求，找我可能更合适。”

周放这才意识到宋凛的意思，他这是误会了这个管培生和上次的“五三”。

周放表情有些冷，说话的语气自然也不好：“这是我公司的管培生，来我家里拿一份文件。”

周放抬头看了宋凛一眼，听了周放的解释，他没有动，表情也有几分让周放看不懂。

这个男人还是那个样子。也是，三十几岁的年纪，女人前赴后继地贴上去，难怪他如此轻贱女人，从来都以最坏的方式揣度她。

他也不是对每个女人都这样的。

周放脑中不由得想到那个“与众不同”，他好像只有在她面前是不一样的。

这么一想，周放心底的不满更甚。

周放瞥了宋凛一眼，语气平静而冷漠地说着：“上次我的提议，你反对，如今我放弃了，你又过来骚扰。宋总，请问你到底想怎么样？”

“骚扰？”

这两个字如同汽油倒进了正熊熊燃烧的烈火，站在宋凛对面，周放都能察觉到宋凛眼睛里的火苗几乎要从他的瞳孔里烧灼到她身上。他咬牙切齿，一字一顿地说道：“周放，你行得很。”

第九章
棋逢对手

周放回忆起自己认识宋凛以来，两人每一次交手都让周放感到既兴奋又痛苦。兴奋是因为棋逢对手，每一局都充满了趣味丛生的新鲜感；痛苦是因为这个与她对弈的，是一个她完全无法掌握的人。

她把握不好尺度，这太难了。

到了这个年纪，经历过那些坎坷，周放从不爱会死变成了不爱也不会死。

宋凛再好，也不足以让她放下尊严和原则，这是成熟给她带来的理智。

秦清说周放渐渐变成了一个不可爱的女人。她想想，好像确实如此。

不可爱的女人，还会有人爱吗?

以往她和宋凛有了矛盾，都是宋凛不回这边的房子，这次周放先发制人，整理了行李搬回了父母家。也许宋凛并没有发现她的小动作，但她心里就是觉得自己好像赢了一局一样。

自上次《衣见钟情》节目结束也有两三个月了，听说节目组因为收视率越来越高，愿意来参加节目的明星也越来越大牌，准备把原本一年一季的节目改成一年两季。嗅觉敏锐的周放自然也想抓住这次机会，想谈谈合作。

新策划的节目在形式上改变了原本针对一个明星，做十二期不同主题的模式，改成了四个明星携不同设计师做不同主题的积分战模式，大大增加了竞争性、话题性和可看性。

《衣见钟情》的刘导因为周放在上季节目中最后的大逆转，对她的印象还不错，一直感慨她是个了不起的女人。但对于周放再参与节目的请求，他始终打太极，不接受也不拒绝。周放知道，能让刘导这样，一定是找他的公司很多，刘导挑花眼了。

周放三顾茅庐，始终没有什么实质性的进展。刘导这个人，属于打一巴掌给个甜枣型的，在周放最恼火的时候，刘导给她发了一张请帖，请她参加新一季《衣见钟情》的招商会晚宴，言外之意是机会均等，各凭本事。晚宴时间特意定在晚上，搞出了慈善晚宴的感觉。周放还没去就已经知道这是一场群雄相争的恶战，考虑了一天，最后还是决定去参加，冠名肯定不可能，但若是运气好，说不定可以争取个小赞助。

自打“小鲜肉”管培生跟了周放，她那助理就像是失了宠的冷宫妃子，尤其得知今晚的晚宴周放决定带管培生不带他的时候，话里话外都透露着哀怨。

这也怪不得周放“喜新厌旧”，“小鲜肉”英语好，也算会拍马屁，而且长得帅，每天看看，净化视线，不带他带谁？

周放虽然没有太大把握，更多是在碰运气，但是对这场晚宴她还是很上心的，当天提前下班回家打扮。周放在衣柜里翻了好久，周妈一看她化浓妆就知道她又是去赴宴，免不了唠叨几句。

“大晚上的，又去喝酒啊？”周妈皱眉道。

“有个晚宴。”周放解释，“争取点儿曝光度，利于品牌推广。”

“你这每天浓妆艳抹的都在干什么？像你这个年纪，谈恋爱结婚才是正经事，你怎么就不能学学你那些好好结婚生孩子的同学？”

“原来谈恋爱结婚才是正经事啊？”周放忙碌地扒拉着衣服，痞里痞气地回答，“看来我注定只能做个不正经的人了。”

周妈妈白了周放一眼，随后将一个擦手的纸团砸在了她身上。周放笑嘻嘻地照单全收，她可没想过要和父母作对，他们是掌握着“真理”的大多数人。

周放最后穿了一条绿色V领无袖缎面裙，搭配一双白色尖头高跟鞋，看上去简单又干练，绿色又有点儿小心机，隆重中带着随意，随意里凸显隆重。

周放站在镜子前，看着里面那个妆容精致的女人，有一瞬间感到有些陌生。

几年前她买了这条裙子，当时觉得款式太正式，有点儿老气；如今再看，竟然很合适，凸显出了她这个年纪该有的气质。

这种想法的转变就像周放对爱情态度的转变一样。几年前她一心想活成霍辰东的公主，而现在，她在遇神杀神、遇佛杀佛的路上变成了自己的女王。

那个“小鲜肉”管培生来接她的时候，周放发现他戴了一条绿色的领带，这让两人都有点儿尴尬。明明是巧合，看上去却显得有些刻意，周放心底涌起一股微妙的感觉。

进入会场时，“小鲜肉”举起了手臂，示意周放挽上，周放看了他一眼，微笑着摇了摇头。

宋凛原本是不准备出席《衣见钟情》招商晚宴的。关于冠名商的问题，他是内定的人选，不必再和新来的企业PK，但节目组就喜欢搞些形式主义，他只得抽空过来。

宋凛对这次的女伴并不熟悉，是刘导介绍的。尽管她已经向宋凛做了多次自我介绍，宋凛依然没记住她的名字，甚至连姓氏都记不住。不过是娱乐圈新鲜出炉的小模特，宋凛需要女伴，她恰好愿意，就带她来了。

现场来了很多熟人，也来了很多陌生人。宋凛对这种无休止的应酬不感兴趣，径直坐到晚宴的贵宾区休息。小模特知道宋凛不可能上她的钩，只是可惜好不容易有机会到这种场合，却只能坐在贵宾区当“壁花小姐”。宋凛见她坐不住，沉声道：“你去拿杯酒吧。”

小模特得了大赦，雀跃地重回人群，宋凛乐得暂时清净。

虽然大家来参加招商晚宴都带着竞争目的，但是表面还是维持着和谐，在交谈之中若有似无地各自探底。商场上的厮杀就是这么残酷，哪儿有所谓的朋友？

贵宾区只寥寥坐着几个人，宋凛低头看了一眼手机，处理了几封邮件，再一抬头，被一个不速之客挡住了视线。

晚宴现场是挑高的大宴会场，经过节目组的布置，显得既庄重又唯美，璀璨的灯光和悠扬的音乐让现场有几分电视剧中宴会现场的精致感。

宋凛眼前的女人穿着一套修身的赫本裙，戴着长至手肘的手套，优雅又性感，搭配的钻石耳饰和项链相得益彰，看起来美艳无双，从头到脚都充满了陌生感。

来人拿起面前的香槟，小酌一口，然后双手优雅交叠，置于腿上。

“你怎么会来这里？这节目你还需要来参加招商会？”林真真微笑着看着宋凛，仿佛宋凛只是许久不见的朋友。

宋凛冷漠地看了她一眼，想也没想直接起身，准备换张桌子。

“那个姓周的女人有什么特别的？”林真真见宋凛要走，脸上的笑容消失殆尽，眼底浮起的冷漠和不甘扭曲了她美丽的面容，“她和我有什么不一样？你最不能忍受被戴绿帽子，我看你现在头顶都有一片草原了。”

“不要去打听和我有关的事。”宋凛听她提起周放，眼神不觉冷冽起来，他冷漠地俯视着她，“你不配。”

“呵，”林真真怨毒地看向宋凛，语气不善，“宋凛，你别太得意，总有一天你会在阴沟里翻船。我告诉你，她根本一点儿都不在乎你的过往，她甚至完全不在乎我的存在，我说什么她都没有反应。真的爱一个人，怎么可能这么淡定？”

宋凛眉头皱了皱。他不知道周放和林真真私下见过，也不知道她们是在什么场合下见的面，更不知道她们聊了什么。当然，即便他再想知道，也不会蠢到去问林真真。

“她为什么要在乎你的存在？”宋凛蔑视地看着林真真，一字一顿地说，“对我来说，你什么都不是。”

“宋凛！”

面对林真真的恼怒，宋凛始终面无表情。

“林真真，你好自为之。”宋凛语气中带着几分威胁，说完，他毫不留恋地离开了。

林真真将桌上的一杯香槟一饮而尽，眼中流露出的疲惫和难堪让她看上去有几分沧桑。她在对宋凛说话，却又仿佛只是在自言自语：“我以为，你不会爱上任何人了。”她苦涩地一笑，“她真有福气。”

宋凛脚步顿了顿，然后回过头来，用难得认真的语气对林真真说：“是你自己不要这份福气。”

林真真失落地摇了摇头：“不，是你从来没有爱过我。”

宋凛的语气有几分认真也有几分迷茫，他是一个对感情极其慢热的人，从来没有和任何一个女人讨论过这个话题。

爱是什么？他不懂，也不会。

他最后看了林真真一眼，只觉得这么多年的一切都好像被时光冲淡了。良久，他只是淡淡地回答了三个字。

“也许吧。”

许久不见宋凛，虽然不指望他形单影只，但是看着他春风得意，像没事人一样，周放还是感觉到有些不平衡。

他头发长长了一些，两鬓的头发梳到耳后，留成了大背头。大约是气质太过冷冽，这发型在他身上一点儿都不会让人觉得他油头粉面，反而透出几分坚毅和深沉。

他手上端着红酒，时不时有人过来向他敬酒，他都礼貌接招。

对于今天宋凛带来的女伴，周放倒是不算陌生，她曾经多次在不同的饭局上见过，算是新晋交际花，在圈内也算小有名气了。

周放也不知道自己为什么生气，事实上她就是有点儿生气。

正在这时，“小鲜肉”管培生为她拿来一杯红酒，很周到地递给她，正要说话，周放直接接过那杯酒一饮而尽，把“小鲜肉”吓了一跳。

“周总……你还好吗？”他小心翼翼地询问。

周放视线始终没有动，淡淡地回答道：“口渴。”

她意味深长地看向宋凛，宋凛也正好在看她，从头到脚观察了一番后，宋凛将视线落在周放身旁的“小鲜肉”身上，眉头微蹙。

周放见他一直在看自己，故意向前倾身，靠近“小鲜肉”，姿态亲密地和他对饮，她得承认，自己喝得有点儿多。“小鲜肉”也是贴心，周放酒杯一空，他就给她满上。

周放酒量不算小，但也经不起这么一杯一杯地往下灌，没一会儿周放就开始感觉头重脚轻，酒精开始在她的身体里激烈地作祟。

“小鲜肉”没什么经验，也没处理过这样的情况，一时有些手足无措。他见周放醉得有点儿意识飘忽，人也瘫软起来，一时间更加不知所措。

周放迷迷糊糊地被“小鲜肉”扶着走出宴会厅，被穿堂风一吹，她的意识清醒了几分。

她扶着墙独自站定，虽然脚下还有些发飘，但是人已经清醒过来。

“小鲜肉”担心地问周放：“周总，你还好吗？”

周放有点儿晕，对他摆了摆手。

休息了一会儿，周放抬起头，发现宋凛正一脸严肃地走过来，胸口的气闷感更甚。

她嘴角勾了勾，故意拉近了“小鲜肉”，不顾他那错愕害怕的表情，拉着他的领带，用半醉半醒的声音说着：“年轻就是好，还是二十几岁的男人滋味好、体力棒。秦清说得对，有钱就该找你们这样的，不像有些老腊肉，又咸又硌牙。”

说着，周放若有似无地瞟了一眼宋凛的方向。

“小鲜肉”没想到周放会说这么露骨的话，脸上晕红，小声说着：“周总，您喝醉了，我给您开间房休息吧。”说完他就扶着周放往电梯走。

透过如镜子一般的电梯门，周放看见宋凛已经走了，就渐渐放开了“小鲜肉”的绿色领带。她正在失落，突然又见宋凛折了回来。

他径直走向周放，周放冷着脸转身，还没和宋凛说上话，宋凛的手已经扶上了周放的腰，不等周放反应，他直接将周放拦腰扛了起来。

周放猝不及防，视角倒转，整个人都有点儿发蒙。从小到大，她从来没见过宋凛这么野蛮霸道的男人，她觉得他的每一个举动都只是出于动物原始的本能。

可是很奇怪，她并不讨厌这种感觉。她的脸贴着宋凛的背，只感觉到一股男性荷尔蒙将要把她击溃。

“小鲜肉”这是第二次见到宋凛，面对宋凛依然完全不同寻常的野蛮路子，“小鲜肉”义愤填膺地指责宋凛：“你、你、你干什么……”他挺直了腰板，努力保持着气势，凶狠地指着宋凛的鼻尖，“你、你、你，放下周总！不然我对你不客气了！”

宋凛对“小鲜肉”的威胁没有一丝反应，他的气场太过强大，不怒自威。他不屑地瞥了一眼戴着绿色领带的“小鲜肉”，冷冷地吐出一个字。

“滚。”

宋凛扛着周放直接往楼上走，完全不顾周放的挣扎，也不顾周围人异样的眼光。

周放起先还挣扎，挥着拳头用力捶他，后来发现捶得手都疼了他都不放，只能作罢。

眼看围观他们的人越来越多，大家三三两两地低声议论着，周放觉得自己的老脸简直要丢尽了。一见有人来，她赶紧死尸一样在宋凛肩膀上一动不动，装成一副醉得不省人事的样子，这才稍微减少了一点儿旁人的过分关注。

宋凛完全无视周放的小动作，此时此刻，他只有一个目的。他问都没问，直接把周放扛进了自己常住的总统套房，一脸人贩子的狠绝表情。

宋凛把周放放下来的那一刻，她终于像吹鼓的气球一样，爆炸了。

她看见什么就把什么往宋凛身上砸，不管是轻是重，是昂贵还是便宜。

周放想到“小鲜肉”管培生，又想到这一路上人们的眼光，一时更气了：“你叫谁滚呢？最该滚的是你！”

她懒得和宋凛啰唆，两步就要往门外冲，却被宋凛一把拉了回来。

顾不上她疼不疼，宋凛抓住她的手腕往上一抬，直接强势而霸道地将她按在了墙上。

周放挣扎了半天，奈何男女力气差距悬殊，她意识到自己动弹不得，只得用双眼狠狠地瞪着他，表达不满。

宋凛从进门后一句话都没有说，只是用一双饱含各种情绪的眼睛，仔仔细细地打量着周放的五官、头发，甚至是每一寸皮肤，眼中竟流露出一丝失而复得的庆幸，又有一种自己的所有物被觊觎的愤怒。

两人的脸靠得很近，身体也是，周放能感觉到宋凛身体的直接反应，脸立刻红了，她恼羞成怒。

“宋凛，你要不要脸啊？”

宋凛低头凑近，周放的耳畔传来宋凛低沉的声音，他缓缓地说着：“我不要脸，我只要你。”

周放耳朵一热，瞳孔刚一聚焦，宋凛的五官就在她的眼前放大。

他的嘴唇有些冰凉，和他火热的身体仿佛冰火两重天。他温存地吻着周放的嘴唇，并没有急着加深这个吻，只是温柔而霸道地向周放传递着他的情绪，那是周放读不懂却又隐隐有些期待的情绪。

这一吻持续了很久，久到周放觉得时间好像过去了一个世纪。空气中的氧气似乎都被宋凛夺走了，周放整个人开始呈现意识飘忽的状态，身体也渐渐软了下来。

只有那双眼睛，依然倔强。

宋凛拦腰抱起周放，将她放在床上，他在俯身上来之前，脱掉了碍事的外套和衬衫，露出了他线条分明的精壮肌肉。这种强烈的视觉冲击让周放感觉自己的身体生出了几分躁动，她不肯就这样屈服，别过头去。

宋凛强迫她正面看着他，随后俯身低头压向她。周放用手死命挡着，最后被宋凛强行将手扭向他的身后，从抵挡他变成了“拥抱”他。

宋凛的手隔着周放的裙子熟练地揉捏着她的身体，周放不安地扭动着，试图阻止他的动作。

他反剪周放的双手，一把托起她的腰，利落地将裙摆推至她平坦的小腹，不等她反应，宋凛撩开了那最后一层遮挡物，直接进行下一个动作。

痛苦又奇异的燥热让周放忍不住用力掐住了宋凛的肩背，不一会儿，她就感觉指缝里传来湿腻的触感——她竟把宋凛的后背抓出血了。而宋凛，眉头都没有皱一下，只是变着花样地折磨她，逼着她投降。

大约是太久没有亲密行为，两个人都憋着一股劲，整个过程无比激烈，这不像是在床上，而像是在决斗场。

一贯不在女人身上留任何痕迹的宋凛情绪激动的时候，在周放脖颈最显眼处留下了鲜明的吻痕。

感觉到脖颈处的痛感，周放知道宋凛做了什么，气恼之下，狠狠地一口咬在了宋凛的肩膀上……

宋凛去拉床头柜的抽屉，发现里面没有该有的东西，两人皮肤贴着皮肤，更难自控。

在最高峰来临的那一刻，宋凛及时抽离。

周放的手指碰到小腹上的湿热，突然从恍惚的激情中清醒过来。

任何时候，他都不会真的意乱情迷。

他是宋凛。

周放也不知道自己为什么变得那么在乎细节，以前看“毒鸡汤”，说女人在爱情里，成于细节，也死于细节。

这句话不假。

哪怕是在宋凛臂弯里醒来，周放仍然有种踩在云端的不踏实感。

清晨的阳光透过米白色的窗纱洒进房间，宋凛的头发经过一夜的折腾，此刻正软软地搭在额头上，让他看上去没有了平时的疏离凌厉，整个人终于有了一种食人间烟火的温暖。

洗完澡，两人都一身清爽，姗姗地离开酒店。

宋凛开车送周放回家，经过一夜的折腾，周放早没有了和他激烈对抗的力气，软软地靠在副驾驶座上。

宋凛觉得这时候的周放乖巧、文静，是他最喜欢的样子。

周放偏着头靠着车窗，眼神呆呆地看着前方。

路口红灯，宋凛停下车，两人一起默数着那不断变换的数字。

等待之际，宋凛突然偏过头来看了周放一眼，淡淡地交代：“以后别再穿这条裙子了。”

周放有些诧异，宋凛怎么管到她裙子上去了?

“为什么？”

“这裙子，像草原。”

周放一头雾水，觉得宋凛这句话实在没头没脑。

这个红灯格外漫长，一百多秒，数了半天才堪堪过半，周放瞟了宋凛一眼，发现他正目不转睛地看着自己，她一时有些错愕。

“我眼屎没擦干净？”

宋凛被她这句话逗笑了，嘴角扬了扬。

过了几秒，他问：“你见过林真真？”

周放没想到他会问林真真，在经历昨晚的一切以后，他第一个认真的问题居然是在问林真真？周放不想承认，此刻她有点儿失落。

周放语调低落，淡淡地回答：“在饭局上碰到过一次。”

“不用理她。”

“嗯？”

红灯结束，车子再次启动，宋凛打着方向盘，过完路口，才轻描淡写地说了一句：“不过是个无关紧要的人。”

“……”

周放直到回家才突然反应过来，宋凛最后那句话竟然是在向她解释他和林真真的关系。

不管他是认真还是敷衍，周放心里都涌起了一丝甜蜜。

和这个男人纠缠了这么久，这是她第一次感觉到自己一直如踩在云端的双脚，终于踩到了实地。

不管和这个男人有关的流言有多少，不管他多么若即若离、忽冷忽热，女人一旦动心了，就算万劫不复，也不懂回头。

她只能在心里期待，他对她是不一样的。

有点儿傻对吗？可这就是女人在爱情里的样子。

“双十一”的电商战争正式打响，周放的公司准备了一千件产品，三百多种“双十一”特供，十一月十日，整个公司的人都跟着周放守在公司里。

离零点还有几个小时，饶是周放表现得再淡定，心里也是十分紧张。

晚上宋凛打电话约她吃饭，周放才知道，在十一月十日，“双十一”最后的准备时间，宋凛居然还能按时下班。反观她，连夜加班，整个人已经到了疲惫的顶点。

没约上周放，宋凛倒也没说什么，电话里，宋凛嘱咐道：“你别忘了吃饭，本来胸前就没几两肉，再瘦就没了。”

周放懒得理他，她更关心的是他是怎么做到任何时候都从容不迫、有条不紊的。

“这个城市这么多创业的人，你没钱没背景，成功的秘诀是什么？”

宋凛听到周放问这么认真的问题，忍不住笑了起来。

“天赋吧。”

“滚。”

宋凛收起笑容，顿了顿，说道：“这个世界弱肉强食，周放，你还太嫩。”

周放的叛逆型性格是大家都知道的，越是被宋凛瞧不起，她越是要做给他看。

重新投入工作中，周放到各个部门监督，整个公司都因为她认真的态度而士气高涨。

助理也是一整天都在到处跑。他晚上回到公司，在办公室见到周放没有回家，还穿着前一天的衣服，一脸惊讶：“周总，今天公司要拍宣传片，不是和您说了吗？”

“嗯，好像是说了。”

助理无语，嫌弃地看着周放身上那件棉麻小西装：“那您穿的这是什么衣服？不是让您回家一趟吗？”

“噢。”周放一直在浏览网页，头也没抬。

“噢是什么意思啊？”助理有点儿抓狂了。

周放对助理挥了挥手：“噢就是这不重要的意思。”

“可是您代表着公司的形象啊。”

周放抬起头，很认真地对助理说：“产品才是我们公司的形象，记住了！”

十一月十一日零点过后，周放坚守了24小时，只在中间最累的时候在办公室小憩了两个小时。

客服部门还在坚守，周放也一直陪在左右。

430万元的营业额，果然创造了年度单日纪录，整个公司的人看到这个数据都很高兴，这么久的准备总算没有白费。

看着单日营业额不断跳动、成交量不断上升，周放心里感到踏实和欣慰，不论别人如何评价她，她只做自己觉得对的事。

还有最后一分钟，想来不会有大变动了，周放拍了拍距离自己最近的一个客服的肩膀，转身回办公室了。

她刚一转身，就听见整个部门爆炸一样的惊呼声。

“天哪！变了变了！”

周放诧异地回头。

在“双十一”结束前的最后几秒，周放看见营业额的数字从430万元一下跳到了520万元。

“双十一”顺利结束，营业额数字定格。

周放皱眉：“怎么回事？谁在刷单？”

客服部的人高兴地大叫：“不是刷单，是真的有大客户来了！”

“谁？”

底下的人点开订单，大声朗读出来，越读越诧异：“宋凛？付款的……这是他的私人户头？”

520万。

宋凛，他想干什么？

留下办公室的人叽叽喳喳地讨论，周放转身回了自己的办公室。

拉开百叶窗，她抬头看见外面蓝黑色的天空，繁星点点。这个城市已经进入深夜，没有了白日的喧嚣，周放心里多了一份安宁。

拨通了宋凛的电话，周放强压着心底既期待又忐忑的微妙心情，开门见山地问："你订了我公司 90 万元的货？"

宋凛大约是猜到周放会打电话来，气定神闲地说道："熟人一场，帮你一把，送你上单日前三。"

"这个数字是什么意思？""520"这个数字，谁能不遐想？周放的手紧紧地绞着衣角，她得承认，此刻她有些紧张。她嘴上假装不在乎地试探着："怎么，你想追我？"

宋凛语气温柔地说："不行？"

周放觉得宋凛是一个从来不按套路出牌的人，她时常对他的各种攻势感到无所适从，却又暗暗期待。

"像你这样人到中年的老男人，想追我？"她抿着唇，半晌才傲娇地回答，"先去排队吧。"

本以为以宋凛自大又刻薄的性格应该会反驳她，谁知他只回答了一个字。

"好。"

那一刻周放觉得好像有一束烟花嘭的一声在她的心底炸开，又好像一棵干涸已久、半死不活的树，突逢天降甘霖。

周放还没来得及当上女主角，公司"双十一"的成交量就出了问题。

十一月十二日的早上，好不容易睡了个超过五小时觉的周放，被公司各个部门焦灼的电话声吵醒了。公司的其他人被难住了，只能等着周放回来发号施令。

“双十一”当天的产品，很多单品出现了超卖问题，经过技术部门同事的检查，发现是公司的订单管理软件出了问题。软件供应商没有及时给公司升级软件，使得但凡销售订单超过五千的单品都出现了超卖的情况，并且是无上限超卖，完全不受库存影响。

出现这种可怕的情况，周放哪里还睡得着？她急匆匆地赶到公司，大家都面色凝重地等待着她的指示，虽然周放的表现并不失态，但是她也确实暂时对此一筹莫展。

一连两个晚上，周放和客服部的同事都在连夜加班处理超卖订单的问题。

为保住信誉，公司第一时间在主页上公布了客户关系管理系统出现故障的公告，并且积极和软件供应商联系，希望能迅速解决问题。

客服部一个接一个地打电话，与超卖订单的客户联系，指导客户退款，如有客户愿意等，公司会多发一张优惠券，可以享受一次三折再购衣的机会。

当然也有一些不能理解的客户，钱都不要了，直接选了收货，就为了给差评，这可忙坏了公司客服部的同事。

大家焦头烂额之际，“双十一”拍摄的宣传片剪好送到了公司。周放看完以后决定提前放出宣传片，宣传片正好是“双十一”那天拍的，也能起到些解释的作用。

助理对这个决策有些没把握，迟疑地问周放：“这样能行吗？”

周放关掉电脑上的播放页面，态度决然地说：“死马当活马医吧。”

宣传片放出去以后，舆论态势明显有所改善。年轻热血的团队，无比凝聚的向心力，视频的内容让很多客人动容，体会到了商家的不易之处。大部分客户选择了体谅，客服部门一个一个地联系，与客户达成了共识，危机终于过去。

由于周放处理得快速且十分妥当，这个案子被网站百赛作为经典售后案例放上了主页，对品牌产生了很好的推广作用，周放也算因祸得福。

因为公司效益提升，可工厂赶订单的能力实在欠缺，周放决定贷款购入一批新机器，扩大生产线。

贷款手续烦琐，公司财务接连几天都在跑银行，周放没办法，只能找爸爸的老朋友帮忙。唯一的麻烦是，给她办事的人地位高不说，又是爸爸的朋友，凡事只能周放亲力亲为。

申请递上去后，在批准的时候出了一些问题，爸爸的朋友职能不达，实在无能为力，便让周放去一趟省行找专管这块的霍经理。

拿到名片，看到“霍辰东”三个字的那一刻，周放感觉自己这运气确实有些背。

霍辰东之前一直在二级分行，周放没想到短短几个月，霍辰东已经被调到一级分行的省行了。对此，周放还是很佩服霍辰东的，这种爬升速度，在他这个年龄里基本算绝无仅有了。

其实这段时间霍辰东给周放打了好几次电话，周放不想再和他有什么牵扯，基本上避而不接。这会儿周放有事，只能硬着头皮去找他，说不尴尬那绝对是假的。

霍辰东的办公室不大，但好在是独立的，他面前堆着一大堆文件，周放敲门进来的时候，他只冷冷地扫了一眼，提醒了一句：“关门。”

这门一关，周放更觉得忐忑，隔着霍辰东的大办公桌，周放有些拘谨地坐在他对面。

周放不知道霍辰东会不会因为私人感情卡她的贷款。但想想他毕竟是自己青春岁月里唯一爱过的人，如果他的人品真的这么差，周放也忍不住觉得自己瞎了眼。

周放将文件袋放在腿上，也没有打扰霍辰东，只是静静等着。

她百无聊赖，抬头观察着办公室，看到霍辰东背后挂着一幅龙飞凤舞的大字——洗手奉职，和霍辰东的年轻外表、海归背景很不搭。

霍辰东忙完抬头，见周放正表情专注地看着那幅字，脸上多了几分温和。

“这是我爸写的。”

“哦。”自己的小动作被人看破，周放有些尴尬。

“你的案子我看了，因为行里最近出了一些新规定，有些程序要重新来。”霍辰东低头看了一眼手表，“快下班了，一起吃饭？我和你细说。”

“……”周放摇摇头，“这可能不太好，需要怎么弄，霍经理直接在这儿讲吧。”

霍辰东的眼神黯了黯，他敛去温柔的表情，又恢复了方才的冷酷。

“那就明天再来吧，今天马上就要下班了，我这边也没什么时间了。”

“……”周放被他的态度气得牙痒痒，但面上还是十分尊重，“行，那我就先走了，霍经理您先忙。”

“周放。”

就在周放要走的那一刻，霍辰东叫了一声她的名字，周放闻声回头。

“你真的和宋凛好了？”他眼神冷峻，语气中有明显的怒气和不甘，“我和他到底有什么区别？他的过去难道比我少？周放，难不成你觉得他会娶你吗？”

周放低头看了一眼脚尖，她不想承认霍辰东的话让她有些失落，他说的这些都是已经被冲昏了头的周放根本没有考虑过的问题。

“我并没有想那么多。”周放抿唇，抬头看向霍辰东，眼神坚定，“对我来说，你和他的区别，只是他没有伤害过我，仅此而已。”

霍辰东气恼地别开头，将手上的笔一丢，整个人向后靠去，他始终不甘心周放的选择：“你怎么知道他不会伤害你？他是什么样的人，你不知道吗？”

霍辰东的话有打蛇打七寸的效果，周放沉默了片刻才缓缓地回答：“我知道，可我还控制不住自己，所以我想和他在一起。你对我再好，我也不再心动了，这就是我不回头的原因。”

周放微笑着，努力维持着风度：“这笔贷款，你请便。”

“周放，我爱你。”

周放脚下微顿。

良久，仿佛混沌初开，周放感觉脑中有种豁然开朗的感觉。

“霍辰东，我爱过你。”

“……”

520 万营业额的故事被编成很多版本传了出去，宋凛一掷千金追周放的消息在圈内彻底传开。

对此，两个当事人好像并没有什么特殊的变化，大约是太忙了，他们连见面的时间都没有。

周放突然理解了爸妈一直不希望她从商的原因。从中国的传统观念来看，周放这样的女人也许根本不适合结婚。哪个男人能受得了自己的老婆一年三百六十五天，有三百六十四天在加班？尤其是宋凛这样的男人，想想他之前说的话，宜室宜家，这四个字和周放实在相去甚远。

周末，得了空的宋凛又给周放打电话约饭，他似乎想坐实“追求”的传闻。周放虽然不用加班，但是她这周实在太累了，因此没有接招。

回到家，周放觉得自己一直紧绷的神经终于放松下来。她明明一整天没吃饭，却没有饥饿感，脸也懒得洗，衣服也懒得换了，周放直接躺在沙发上，没一会儿就睡着了。

也不记得睡了多久，大约是睡姿不对，周放觉得自己右半边身体都有点儿麻了。

也不知道是几点了，她是被家里陌生的香气唤醒的。

周放迷迷糊糊地睁开眼睛，趿拉着拖鞋摸到厨房，眼前是宋凛那熟悉的背影。

不知道他是什么时候来的，也不知道他为什么会来自己家里做饭，只是有那么一时半刻，周放感觉厨房的油烟似乎熏得她眼睛有些发热。

周放走近宋凛，他那宽阔的背脊似乎有魔力，她呆呆地看了许久，两只手臂越过了主人的意识，已经本能地拥住了宋凛的腰。

她的脸颊紧紧地贴着宋凛的后背，她甚至感觉到宋凛的背脊因为她的靠近微微一僵。

宋凛的手碰上周放的手背，他语气温和地说道：“醒了？”

“你是田螺先生吗？”周放孩子气地问。

宋凛转过身，与周放面对面，他抬手整理了一下周放有些凌乱的额发：“你这周好像挺忙的？饭都没空吃了？”

周放疲惫地点头：“跑贷款，手续多。”

宋凛低头看了周放一眼，说起话来一如往常地冷静：“你在找那个姓霍的贷款？”

“啊？”周放笑了笑，“你在我身上装监控了？”

宋凛微微眯起眼睛：“那人现在还挺厉害的，以这么快的速度进了省行，我想见他还得预约，比你那个上不了台面的前未婚夫强多了。”

周放不想和宋凛讨论霍辰东，也不愿把这个话题继续下去，脸上是淡淡的心不在焉，手上已经撩拨地伸进了宋凛的衣领，一颗一颗地解着他的衬衫纽扣。

她嘴上故作轻浮地说道：“没你厉害，身材没你好，你能以色侍人，他都勾不住我。”

周放的指腹触上宋凛硬挺的胸膛，正要下移，被宋凛一把抓住。

他眼眸深沉，里面是周放读不懂的情绪。他意味深长地看了周放一眼：“先吃饭。”说着，他转身去拿菜，一盘一盘地往饭桌上端，全程沉默不语。

周放跟在他身后，觉得气氛有些微妙。

宋凛这个男人，翻脸简直比翻书还快。

周一，周放的公司接到通知，十一月底会有一次网站举办的年度颁奖典礼，实际上就是“双十一”的表彰大会。作为女装类销量前三的企业老板，周放自然也被邀请了。

整个公司都因为这个消息士气大振。

看着邀请函上手写的公司名字，周放忍不住也有几分骄傲。

助理显然比她更兴奋：“周总，这一票太有面子了。”他撇着嘴，“这次你会带我去的吧？”

周放笑笑，收起了邀请函：“我考虑一下。”

“啊……我以为你把那个管培生调走，我就能回来了。”助理满眼期待。

周放不再逗他，笑着摆摆手：“知道了。”

“这次是苏总亲自颁奖，我终于能见到我偶像的真人了。”助理的语气兴奋极了。

“苏总？”周放听到这个称谓，诧异地抬头，“你是说苏屿山？”

助理白眼翻出天际：“周总，你别告诉我你不知道苏总。”

“我——”“知道”两个字还没说出口，周放已经被助理如数家珍一般的长篇大论打断。

“苏屿山，咱们网站的大老板啊，本城排名前三的富豪，贵族出身，90年代的剑桥高才生，创业精英，全国电商传奇人物。”

“双十一”的订单直到月底才算彻底发完货，一整个月周放都忙得不知今夕是何年。

临近月底，一直神出鬼没的宋凛突然出现在周放家里。都是大忙人，周放渐渐也对两人的这种非正常的相处模式适应了。到了这个年纪，再说什么爱是生活的第一位，明显有些可笑。

不知道宋凛会来，周放早已点好了外卖，宋凛见桌上有菜，脱了外套坐在周放对面。两人同桌吃饭，对于周放点的麻辣香锅，宋凛就没伸几筷子，每次夹了什么放进嘴里，都是一脸嫌弃的表情：“平时你就吃这些东西？”

“也不是。”周放饿了，也顾不得形象，“有时候点麻辣烫，有时候盖浇饭，在家的话煮面或者泡面。”

宋凛听得直皱眉：“你这过的是女人的生活吗？”

周放嘿嘿一笑，继续在外卖盒里找土豆片。

宋凛放下筷子，认真地说道：“给你请个阿姨吧，每天得吃饭。”

“之前请过一个，做的饭不合我胃口。”周放工作忙，三餐时间不定，每次吃饭就想吃点儿重口味的。周放之前请的本地阿姨，做的菜清淡养胃，刺激不了她的味觉，有时候没胃口就干脆不吃了。

宋凛看了一眼桌上一片红的麻辣香锅：“那就请个四川阿姨。”

“哦。”周放咬着筷子，狡黠地看了他一眼，“你给钱啊？”

宋凛随意地点了点头：“嗯。”

周放抿唇笑了笑。

饭后，周放拿起衣服去洗澡，出来的时候宋凛把桌子都收拾好了，行动力之强，让周放很是佩服。

周放靠在床上看公司的邮件。宋凛上床的时候，被子里进了一股凉气，周放下意识地缩了缩身体，然后被宋凛在腰上一拉，自背后抱进了怀里。

也不知道是哪天开始的，周放觉得两个人好像莫名进入了一种老夫老妻的相处状态，而她不论是思想还是身体似乎都很习惯。

周放的后背贴着宋凛的前胸，她能感觉到宋凛的下巴就在她的头顶。

“月底把时间空出来吧。”宋凛低沉的声音响起。

“嗯？”周放诧异地放下手机，“有什么事吗？”

宋凛回答得极其理所当然：“去马尔代夫度个假。”

“你要带我去旅游？”

“不行？”

周放有些错愕，转过头，正对着宋凛，她眨了眨眼睛才确定自己没有听错：“我们俩已经到了可以一起去旅游的程度了吗？”

宋凛的呼吸渐渐慢了下来，他低头看着周放，眼神出现了危险的信号。他略带讥讽地问周放："那你觉得我们是什么程度？"

周放见宋凛有生气的趋势，赶紧解释："我不是这个意思，但我月底确实没空，有个颁奖典礼，你也知道的，百赛办的。"

"去旅游。"宋凛的语气不容置疑，"那种无聊的颁奖典礼有什么好去的。"

"那怎么一样？这次是大老板亲自接见啊。"周放说着，突然想起了林真真和苏屿山的关系，眉头不觉一皱，手突然抵住了宋凛的胸膛，"你故意的？"

宋凛不耐烦地皱了皱眉，将周放压进怀里，不愿意再说下去，回应她的只有简单粗暴的两个字。

"睡觉。"

颁奖典礼在洲际酒店举行，简单而隆重，虽然是网站内部的活动，还是吸引了很多媒体的关注。

许久不在公共场合露面的苏屿山亲自出席，这个噱头就足以让本城经济娱乐版面的记者挤破头来参加了。

整场颁奖典礼井然有序，前面都是主持人在歌功颂德，播放着一段一段的 VCR，多是些形式主义。

周放的位置在 VIP 区，正好可以看见坐在第一排正中间的苏屿山。他侧脸俊朗，气质出众，不论台上情况如何变化，他始终泰然自若，表情安然。

四十多岁的苏屿山眼角眉梢都是成熟男人的魅力，他坐在那里，一句话都不说，气度就和周围的人不一样。

其实多年前周放曾有幸远远地见过苏屿山一面。

美元贬值的那几年，服装外贸生意越来越难做，当年的洲际酒店还叫洲际饭店，苏屿山在这里召开了第一届"网商大会"，他详细地向在场所有的网商介绍了日本、H 国的电商发展形势。当时来的人层次高低各异，还有不少外籍人士，苏屿山用中文讲完以后，又用英文解释了一遍。

那时候周放还在读大学，跟着爸爸来蹭吃蹭喝，看着台上自信持重的苏屿山，心底忍不住生出崇拜之情。

苏屿山觉得国内电子商务发展的程度远远不够，因此建立了百赛 B2B 网站，帮助外贸业的发展。几年后，周放和汪泽洋开始创业，那时候百赛已经转型为 C2C 网站，周放创业后的第一件事就是加入百赛，即使当时她只是百赛旗下最不起眼的小卖家。

随着一阵激昂的音乐响起，典礼正式进入颁奖环节。

周放看着台上程序化的流程，明明也没什么特别的，她却忍不住紧张。

轮到她时，她已经紧张得满手是汗。

礼仪小姐端来证书和奖杯，苏屿山一步步地向她走来。

近距离观察下，周放可以看清他眼角已有岁月带来的痕迹，但这不足以抹去他独特的成熟男性的魅力。

主持人报出周放的品牌以及周放的名字时，她的眼神有点儿迷茫，苏屿山见她紧张，低声说："别怕，主镜头拍我，你只有一个侧脸。"

"啊？"周放抬起头，正看见苏屿山对她粲然一笑，温柔得如同一个长者，让周放忍不住觉得亲切。

那种感染力是很奇妙的，周放瞬间就不紧张了。

颁奖环节很顺利地结束了，苏屿山与周放握手的时候，周放才想起自己手心全是汗，但他始终笑着，完全没有嫌弃的表情。

离开舞台后，周放拿着奖杯和证书，独自走到了后台。

"周放。"

周放循声回头，没有发现自己熟悉的面孔，只有苏屿山。周放看了好几眼还是有点儿难以置信："苏总，您喊我？"

苏屿山笑着点头。

周放惊讶得瞪大了眼睛。

随后苏屿山走到周放身侧，说话声音不大不小，非常有礼貌。

“短短几年能进入女装前三，是厉害的人物了。”

周放笑了笑，突然被人表扬，她有点儿不好意思。

“以后准备专攻电商吗？”

“啊？”没想到这样成功的企业家会和自己聊公司的发展，周放赶紧趁机说了自己的一些构想，想看看苏屿山会不会提点几句。

听周放说完，苏屿山点点头：“都是很务实的规划。”

“长期目标比较难，短期目标实现起来比较容易。”

苏屿山笑了笑：“你的长期目标是什么？”

周放愣了愣，深吸了一口气，坚定地回答：“把女装做成一种文化，一种生活态度。”

“哦？”

周放见苏屿山并没有笑自己，又继续说了下去：“我想开一家大的线下生活馆，关注女装文化，像诚品书店一样，为逛街的女性创造一个安静的栖息之地，推广文化。我想要圈一块五千到一万平方米的地，分历史区、古董区、机械区、手工区和成衣区，让女性消费者可以体验女装的发展和制作过程，也可以选自己喜欢的衣服。我建立生活馆的目的不仅是推广我一家的品牌，更是推广时尚的变革，培养审美，提升女性气质。”

周放说这些话的时候，苏屿山脸上没有一丝嘲笑的表情，只是专注地听着。

见苏屿山没说话，周放有点儿不好意思：“苏总是不是觉得我的想法有点儿天马行空？”

苏屿山笑道：“我提出做‘百赛’的时候，那些天使基金的人都觉得我疯了。90年代，大家还在做实业，很少有人愿意接受电商的概念，但是你看，后来我的公司在纽交所上市了。周放，会做梦，才会实现。”

周放抬起头看着苏屿山，心底有种异样的震撼。她觉得眼前的这个男人，睿智有思想，气质斐然，和流言中那个狠绝好色、私生活混乱的中年男人真的完全不一样。

颁奖典礼的第二天，周放接到了苏屿山的私人电话。

十一位的陌生号码，周放从未见过。直到通话完毕，周放都觉得有点儿不真实。

苏屿山派司机来接周放。价值百万的商务车停在周放公司门口，也引来了几分瞩目。周放直到上车才发现里面赫然坐着苏屿山。

苏屿山把周放带到城中一处尚在建设中的文化园区，这是年初政府刚批下来的地，周放知道这地是苏屿山的。

两人并排走在园区内，苏屿山负手走在阳光中。

“有人说文化是碰不得的夕阳产业，但我总觉得，企业也应该有社会责任感，为文化传承做些什么。”

苏屿山把周放带到园区正中最好的地段，此时此刻，这里还只是一块光秃秃的泥地。

苏屿山笑着指了指面前的空地：“这里，给你圆梦，怎么样？”

周放觉得好像有人突然对着她的大脑开了一枪，一瞬间，她觉得自己好像什么都听不见了。

许久她才平静下来，警惕地看向苏屿山：“苏总，你这是什么意思？”

苏屿山表情平静，微笑着看向周放。

“我有意进驻你的公司。”

苏屿山周到地把周放送回了公司，他来找过周放的事很快就在公司里传开了。大家怎么传周放没空理会，她一整天都在回想苏屿山的话，心绪不宁。

晚上下班，周放刚出公司的门，就接到了宋凛的电话，他来接她了。

不知道为什么，见过苏屿山之后，周放居然对宋凛产生了几分歉意。

上了车，宋凛俯身过来帮周放扣安全带，周放不习惯宋凛这样，伸手挡开，自己扣上了安全带。

宋凛握着方向盘把车开出了停车场。下班高峰已过，路况还算不错，一路绿灯。

周放将手撑在车窗上，看了一会儿窗外，突然回过头来，很认真地问宋凛："你觉得服装行业未来会如何发展？"

宋凛对周放突然提出的问题感到有些诧异，但还是认真回答了。

"线上会成为主流，未来虚拟试衣间可能会得到发展，线下发展的'体验店'会成为品牌的形象店。当然，高定依然是高定，手工制作代表高格调，以这一百多年的发展来看，再坚持一百年问题不大。"

周放有些困惑地看向宋凛："只是这样吗？"

宋凛笑了："那你希望怎样？"

周放忍不住把她心里构想的那幅美好蓝图又说了一遍，和她对苏屿山说的一样。

"就像诚品书店一样，发扬文化——"

不等周放再说下去，宋凛已然打断了她。

"多看点儿财经报道，你会发现诚品书店卖书二十二年，亏损十五年。"宋凛扭头看向周放，"你的想法太过理想化。做这个生活馆，可以预想未来十年都要亏损，谁来提供资金支持？你那个市值两三千万的小公司？"

宋凛毫不留情地点出了问题，这让周放有些下不来台。周放最近得了太多宋凛的温柔对待，险些忘了宋凛骨子里的犀利和直接。

就算宋凛说得有些道理，可未免太过绝对，周放忍不住反驳："苏屿山说，人要先有梦想，才能实现。在他那个时代说起电商，大家不是也像看神经病一样看他？可是他成功了。诚品书店亏损十五年不是也逆袭成功了？你怎么知道我的构想不行？"

吱——宋凛一脚刹车踩了下去。

车轮摩擦地面的声音刺耳而悠长，周放的身子先跟着惯性前倾，然后跟着惯性后靠。

她抓着安全带，有点儿恼怒地瞪着宋凛。

宋凛一只手还扶在方向盘上，微微偏头过来，直勾勾地盯着周放，表情严肃。

“他都和你说了什么？”

“谁？”

“苏屿山。”

周放愣了一下，别过头去：“随便聊了聊，苏总听我讲完了我的构想。”她顿了顿，又强调了一句，“没有打断和插嘴。”

宋凛冷嗤：“你这种不能实现的构想只能称之为白日梦。”他居高临下地睨了她一眼，“周放，你以为，像他那样的人，为你圆这种白日梦，不用你付出代价吗？”

宋凛顿了顿，眼神冷漠：“周放，你的心动实在很愚蠢。”